年上マスターを落とすためのいくつかのマナー

Ayame Hanakawado
花川戸菖蒲

CHARADE BUNKO

Illustration

山田シロ

CONTENTS

待鳥皓星《まちどりこうせい》が雇われマスターを務める『Bird's Bar』は神楽坂《かぐらざか》にある。

幹線道路に面しているが、そちら側の壁面には明かり取りの窓があるだけで、入口はない。すぐ左手にある小路へと招くように、枝に止まった小鳥を模した真鍮《しんちゆう》製の壁飾りが取りつけられていて、ふらっとそちらへ入りこんでみると、半地下の入口へと誘う階段が出迎えてくれる。階段脇の壁に極めて控えめに掲げられたシンプルなプレートを見て、初めてそこで、あぁここはバーなのだな、とわかるのだった。

その階段を下りて右側にある瀟洒《しようしや》な意匠のドアを開けると、磨きぬかれた胡桃材《ウォルナット》のカウンターが目に入る。薄暗いと感じる一歩手前まで落とした照明や、見る人が見れば金をかけていることがわかる内装や調度はシックで、大学生や社会人一、二年生あたりでは似合わない、大人の雰囲気の上品な店だ。L字型のカウンターにはゆとりを持たせて六脚のスツールが置かれ、そのほかに二人客を想定したテーブルが三台ある。入れようと思えば、あと二台はテーブル席を設けられるほど余裕のある店内だが、従業員は待鳥とバーテンダーの町田《まちだ》の二人だけだし、なにより待鳥がアルバイト程度の仕事しかこなせない。酒を作れるのは町田一人だけなので、これ以上客を入れたら回せなくなるという事情もある。

水曜日だった。八時を少し回った頃だが、店内のテーブル席は埋まり、カウンターでは二人の客が静かに飲んでいる。酒やカクテルの種類が豊富ということもない、ごくふつうのショットバーだが、近隣の住民や、仕事帰りにわざわざ電車を途中下車して寄ってくれる常連が多く、客数が満席の半分を下回ることはほとんどない。みな、待鳥の魅力ゆえだった。

待鳥は三十五歳だが、まず客に年齢を当てられたことがない。三十半ばの男が当然身にまとっているべき自信、あるいはゆとりのようなものが感じられない。といって二十代の若造のようなフレッシュさもないのだ。非常に顔立ちが整っているせいもあるだろうが、綺麗《きれい》な男を造ろうと思って造られたアンドロイドのように、生きている体臭というものがない。いつも穏やかで優しい眼差《まなざ》しをしているから、ほほえむと見ている人を一気に癒《いや》してくれるが、反面、静かな微笑は寂しさを隠しているようにも見えて、男女を問わず庇護《ひご》欲の強い人間には、守ってやりたいと思わせるはかなさがあった。そしてなにより、グラスを扱う所作や立ち居振る舞いが上品で、待鳥を見ているだけでその日の苛立《いらだ》ちが消えるのも、人々がここへ通ってくる大きな理由になっていた。

今夜も綺麗な立ち姿でカウンターの中にいた待鳥は、入口ドアが静かに開いたのでそちらへ視線を向けるや、内心で、いやな客が来た、と顔をしかめた。けれどももちろん、顔には穏やかな微笑を浮かべて挨拶《あいさつ》をする。

「橘川《きつかわ》さん、いらっしゃいませ」

「こんばんは、鳥さん」

ゆったりとした足取りで真っすぐにカウンターに寄り、右から二つ目のスツールに座る。そうして待鳥のことを、鳥さん、と微笑を浮かべて呼ぶこの男が、待鳥は苦手だ。

橘川樹《たつき》。店に入ってきた時から女性客の視線を集めてしまうほど、申し分のない外見をしている。二十代の後半あたりだろうか。今時めずらしく染めていない漆黒の髪や、いつも上質な誂《あつら》えのスーツを身につけ、カフリンクスも欠かさないこと、高級腕時計をしている様子から、高給取りのエリートなのだろうと待鳥は思っている。

(それがなんで、僕のようなオッサンを構ってくるんだ。『鳥さん』と僕を呼ぶのなんて橘川くんだけだ)

しかも、楽しそうな嬉《うれ》しそうな表情で言うのだ。まるで自分がスズメやインコに思われているような気がして面白くない。そんな気持ちを胸の奥に隠し持ちながら、橘川がお絞りで手を拭《ふ》き終わった頃を見計らって、待鳥は綺麗な営業スマイルで尋ねた。

「お飲み物はいかがいたしましょうか」

「うん、いつものをください」

「ハイランド・クーラーですね? かしこまりました」

橘川はいつも最初の一杯にこの酒を頼む。町田も心得ていて、待鳥がオーダーを復唱したところで、手際よくカクテルを作りにかかるのだ。それをチラリと見た橘川が、チャームの用意をしている待鳥を真っすぐに見つめながら言った。

「鳥さん」

「はい、なんでしょう？」

「今日は週の真ん中です。しかもまだ八時だ。二時間くらい、お店を抜けても平気なんじゃないですか？」

「ええ？　店を抜けるとは、またどうしてですか」

待鳥は営業スマイルには見えない営業スマイルで答え、銀の小皿に載せたスティックチョコレートを出した。その手を、橘川が押さえるように握る。

「わかっているくせに。食事に行きましょう。ご馳走《ちそう》させてください」

「いつも誘ってくださって、ありがとうございます」

「それじゃあ、付き合ってくれますか」

「ご一緒したいところですが、お飾りとはいえマスターを名乗らせていただいておりますので、営業時間中に店を空けることはできませんから」

「鳥さんはお飾りなんかじゃありませんよ」

「ありがとうございます」

綺麗な微笑で礼を言いながら摑《つか》まれた手を引こうとしたが、橘川は離さない。待鳥は微苦笑をして、するりと手を抜くことのできるタイミングを計った。

（僕は本当にお飾りだからな……）

せいぜい客を不愉快にさせないように、ちょっとの間、手を握らせてやることくらいしかできない。バーのオーナーを名乗り、名刺の肩書きにもオーナーとついているというのに、酒が作れないのだ。できることといえばカウンターやテーブルの片づけ、オーダー伺い、お客様の話相手だ。グラス磨きだって、ようやく町田がやり直さなくてもお客様に出せるレベルになったところだ。まともにできるのはチャームの用意と氷割り、サンドイッチやホットドッグといった軽食を作ることくらいだ。

（僕なんかをオーナーに据えて、並木《なみき》さんも後悔をしているだろう……）

並木誠一《せいいち》は待鳥の大学時代の先輩で、このバーのオーナー、つまり待鳥の雇用主だ。『Bird's Bar』のほかにもバーや居酒屋などをいくつも経営している企業家だ。

（今、人並みの暮らしが送れるのは並木さんのおかげだ。並木さんにはいくら感謝してもし足りない）

そう思った。大学を卒業後、文具メーカーに就職し、結婚もした待鳥だったが、私生活に深刻な問題を抱えるようになった。そのストレスから仕事にも支障をきたすようになり、三十二の時、退職を余儀なくされた。離婚をし、仕事も、家も、金も失い、きちんと生きるという意欲さえ失った待鳥は、これ以上周りに迷惑をかけられないという、ただそれだけの理由で生きていた。寝て、起きて、日雇いの仕事に行って、帰って、寝る。そんな暮らしを二年近く続けていただろうか。夕方、待鳥が簡易宿所へ帰ってきたところで、並木に会ったのだ。

（泣きそうな顔で、探したぞと、あなたは言ったっけ）

並木は待鳥をさらうように馴染《なじ》みの料理屋へ連れていき、食べろ食べろと言って、とにかく旨《うま》い料理を腹いっぱいに食べさせてくれた。それから「今は使っていない」というマンションへ連れていかれ、風呂と並木の衣服を貸してもらった。久しぶりの満腹感と清潔な体が嬉しくて、嬉しく思う自分が恥ずかしくてみっともなくて、馬鹿のように泣いてしまったことを待鳥はよく覚えている。

（どうしたんだとも、なにがあったんだとも、並木さんは聞かなかったな……）

聞くまでもなかったのだろう。会社を辞めたことも、離婚したことも、家を出たことも、元妻に聞いて知っていただろうし、待鳥の有様を見れば、今どんな暮らしを送っているかも想像がついたはずだ。待鳥が、それでいいと思ってしまっていることも。

（人手不足で、とあなたは切り出したんだ）

『新しくバーを開けるところなんだが、人手不足なんだ。助けると思って、手伝ってくれないか』

見るに見兼ねたのだと思う。自分のところで働かないかと持ちかけても、待鳥が断ることはわかっていたのだろう。だから、助けると思って手伝ってくれと、そんな言い方で待鳥の逃げ道をふさいだ。

（学生時代からさんざん世話になってきたんだ。助けてくれと言われたら、断れっこない）

水商売の経験がないし、裏方仕事しか手伝えることはないと答えたら、呆《あき》れたことにマスターになってほしいと言うのだ。当然辞退したが、並木は退《ひ》かなかった。

『任せていたマスターが独立しちゃってね。しばらく閉じてた店があるんだけど、遊ばせておくのも馬鹿らしいからさ。ガラリと雰囲気を変えてオープンしたいんだが、なにしろ店の雰囲気に合うマスターがいなくて困っているんだよ。待鳥ならぴったりなんだ、頼まれてくれないか。仕事？　もちろん腕のいいバーテンダーを回すよ。小さい店だから二人で十分やっていけるとも。待鳥は看板マスターとしてニコニコしていてくれれば、それでいいんだ、頼むよ。頼むよ、待鳥』

並木が仕事の手伝いを頼んでいるのか、それとも待鳥に、まともな暮らしをしてくれと頼んでいるのかわからなかったが、頭を下げられたら断れるものではない。自分を探しだしてまで心配をしてくれる並木に申し訳なくて、これ以上心配をかけたくなくて、もちろん現実に暮らしに窮していたこともあったし、いい歳《とし》をして甘えてしまう自分が情けなかったが、バーのマスターという仕事をさせてもらうことにしたのだ。

（一通りのことは教えてもらったが、だからといって一朝一夕にできる仕事じゃない）

自分がお飾りだということは、待鳥自身が一番よくわかっていた。

ほんの一分か二分、昔のことを思いだしていた待鳥に、町田が小さく声をかけてきた。

「マスター、橘川さんのカクテルです」

「はい、お出ししてください」

カクテルができあがってきたことをきっかけに、待鳥はホッとして手を引いた。橘川は町田がいる前で強引に手を握るような男ではないと、これまでの経験でわかっている。橘川は、手の中からするりと待鳥の手を逃がしてやると、微笑して言った。

「鳥さんが出してはくれないの」

「町田くんが作ったカクテルですよ」

「知らないの？　グラスを出す鳥さんの手はとてもエロティックなんだ。それを見たくて通っているのに」

「それは知りませんでした。わたしの所作は町田くん仕込みなんです。これからは町田くんに出してもらうようにいたしましょう」

「ごめんなさい、品のないことを言いました、どうか忘れて」

橘川は苦笑をしてグラスを口に運び、旨いと呟《つぶや》いて町田に微笑を送ると、視線を待鳥に戻した。

「本当はね、鳥さんのうっとりとしたほほえみが見たくて通っているんです」

「ありがとうございます」

「俺だけじゃない。たぶんみんな、そうですよ。ライバルが多くて困りものです」

「こんな顔でよければ、いくらでもご覧になってください。おつまみはいかがなさいますか」

待鳥はふふふと笑って話題を変えた。どうも橘川から口説《くど》かれているように感じられて、対応に困ってしまう。メニューを差しだすと、橘川は受け取らずに待鳥を見つめて言った。

「おつまみは、鳥さんとのお喋《しゃべ》りがいいな」

「かしこまりました」

待鳥が内心で溜《た》め息《いき》をついてメニューを下げると、橘川はにっこりと笑って言った。

「鳥さん、食事に行きましょう」

「申し訳ありませんが、店を空けることはできないんです」

「俺は以前、店が終わってから食事にとお誘いしましたよ。そうしたら、仕事上がりは疲れているから、すぐに帰って休みたいと、鳥さんが言ったんですよ」

「ええ、そうなんです。橘川さんくらい若い頃は、わたしも仕事のあとに食事に行く体力があったんですけどね、今はもう本当に、疲れてしまって」

「うん、俺も鳥さんに無理はさせたくない。だから食事に行くなら、早い時間に店を抜けるしかないでしょう?」

「わたしはマスターですから。食事のために店を放っておくなど、できません」

「それなら鳥さんはいつ食事をするの。まさか店を開けてから閉めるまで、なにも食べないわけじゃないでしょう?」

「わたしですか?　いただきませんよ」

「本当に?」

「ええ、本当です。ですから店を抜けて食事にいく必要もないのです」

「……」

橋川がめずらしくムッと拗《す》ねた表情を見せる。おや可愛《かわい》い顔をして、と思い、待鳥はふふふと笑いながら言った。

「橘川さんのお誘いだけをお断りしているわけではありませんよ。わたしはどのお客様とも、店の外で、個人的にお会いしないことにしているのです」

「それなら俺は、その前例を破る最初の男になりたいな」

「橘川さん、お若いんですから。わたしなんかと食事に行っても話が合わなくて、つまらないですよ」

「行ってみなくちゃわからないでしょう?」

「さあ、どうでしょうねぇ」

困った人だなぁと思いながら微苦笑をした時、新しく客が入ってきた。すっとそちらへ視線を向けた待鳥は、入ってきたのが並木だとわかると、嬉しさから無意識に、甘えるような微笑を浮かべてしまった。並木は待鳥に小さくうなずくと、指定席……L字カウンターの底の部分にあたる位置で、手前に置かれた花瓶の陰になるので、一般の客には決して薦めないスツールに腰かけた。待鳥は営業スマイルを取り戻して橘川に軽く会釈をすると、いそいそと並木の前に立った。並木は目を細め、待鳥の頭でも撫《な》でそうな表情で言った。

「なにも、問題はないか？」

「ええ。今日は水曜ですから。飲み物は、いつもので？」

「うん、そうだな」

はい、と答えて、待鳥はグラスを手に取った。

『Bird's Bar』は一年前にオープンした。ということは待鳥もマスター一年生だ。だいぶ馴れたとはいえ、会社員からの転職だ。日雇い仕事をしていた時も、工場や倉庫勤務を選んでいた。だから客商売にまだまだ緊張の連続で、週に一度、並木が様子を見に顔を出してくれると、情けないことだが心底安堵《あんど》する。待鳥はふふふと笑って打ち明けた。

「いつまでも甘えていてはいけないと思うんですが、正直、並木さんが来てくれると、安心します」

「んー？　いいんじゃない、もっと甘えて。俺にとって待鳥は、あれだよ、幼馴染みのコーちゃん、て感じなんだし」

「なんですか、コーちゃんて」

「晧星のコーちゃん」

そう言って、ははは、と並木は笑った。

「感覚としては、いとこ違いに近いんだから。もっと頼ってくれていい。いや、むしろ、頼ってくださいよ、こんな兄貴ですが」

「もう十分、頼っていますよ」

待鳥もクスクスと笑った。待鳥には家族がいない。周囲が驚くほど遅い子供だった待鳥が大学に進んだ時には、もう両親とも亡くしていたし、兄弟もいない。それでも経済的に困窮したことはない。待鳥が世間一般よりも早く一人になることを見越していた両親は、待鳥を受取人にして多額の生命保険をかけ、貯蓄もしっかりとしておいてくれた。七十だった父はともかく、六十前に母が逝《い》ってしまった時は、さすがに早すぎるだろうと待鳥は思ったが、それも自分を産み育てたせいで力を使い果したのかと思うと、今でも茫漠《ぼうばく》とした気持ちになる。親戚《しんせき》は父方に伯父《おじ》が一人いるが、ずっと付き合いはない。就職の際の保証人を頼みに頭を下げに行った時は、それなりの金額を要求された。その程度の付き合いだ。

そうした事情を並木は大まかに知っている。待鳥から話したわけではなく、並木に問われるまま答えただけだ。今となっては並木しか個人的な話をできる相手がいない待鳥にとって、並木には本当に親兄弟に近い気持ちを持っているので、並木からもそう言ってもらえることは嬉しいことだった。

お飾りマスターの待鳥が唯一作ることのできるカクテルは、シャーリー・テンプルだ。並木はいつも仕事の途中に立ち寄ってくれる、つまり車で来ているので、ノンアルコールカクテルを出す。並木のために、これだけは作れるように練習を重ねたのだ。

「はい、お待たせしました」

待鳥はまだまだ恥ずかしい気持ちでグラスを出した。並木は自らバーを一軒立ち上げ、そこからここまで来た男なので、当然カクテルは一通り作れる。この道のプロにド素人《しろうと》が作ったものを出すのだから、毒味でもさせているような気持ちになってしまう。それでも、並木には自分でカクテルを出したいのだ。並木はふふふと笑って一口飲むと、大丈夫、旨い、と言ってくれた。

「これ一点という限定だけど、お客様にも出せるレベルだよ」

「いやいや、とんでもないです。町田くんの確かな腕のおかげで常連さんもついてくださったんです。僕があやふやなものを出したら、並木さんの店の看板に泥がつきますよ」

「待て待て、ここは待鳥のバーだろう。店の名前だって、『鳥のバー』だぞ」

「並木さんが強引につけたんじゃないですか。僕は困ると言ったのに」

待鳥は苦笑した。並木はこんなふうに軽口が叩《たた》けるようになった待鳥を目を細めて見つめ、グラスを口に運ぶとクッと笑った。

「なあ待鳥」

「はい」

「どうも俺はさっきから、カウンターの男性客に睨《にら》まれてるんだが。おまえを独り占めしすぎかな」

「ああ……」

橘川のことだとすぐにわかる。待鳥は微苦笑をすると、町田が手渡してくれたパニーニを出しながら、答えた。

「週に二、三回は来てくださる常連さんです」

「ふうん？　ただの常連には見えないけどねぇ。なにかおかしなことは言ってきてない？」

「そうですね。しつこいほど食事に誘ってくださいます。おかしなことといえば、それくらいでしょうか。もちろんお断りしています」

「それはそれは」

「お若いかたが、どうして僕のような中年を構ってくるのか……。町田くんのほうが話が合うと思うんですが」

待鳥が困ったようにこぼすと、ニヤリと笑って並木が言った。

「あれは嫉妬《しっと》の眼差しだよ」

「……ええ？」

とんでもないことを言う並木だ。まさか、と言って待鳥は苦笑をしたが、並木はふふふと笑ってさらに予想もしなかったことを言った。

「待鳥は学生の頃から綺麗だったからね」

「綺麗はないでしょう? 草食系だとは言われたことはありますが」

「いや。真面目《まじめ》な話。綺麗な男ってことで有名だったよ、待鳥は。俺もさ、一年坊主がラッシュの学食で右往左往してると思って、声をかけたらおまえでさ。顔を見て、なんだこりゃあと思ったよ」

「並木さんまで、おかしなことを……」

「本当だって。こりゃ放っておいたらおかしなことになると思って心配してたんだが、早々に響子《きょうこ》ちゃんとくっついてくれたしな」

「……」

「文句のつけようがない美男美女カップルだったから、横槍《よこやり》やら横恋慕やらなくてよかったよ。そうじゃなかったら、めくるめく愛憎の嵐《あらし》に巻きこまれて、大変なことになっていたぞ」

「そんなことは……」

「おまえは響子ちゃんしか見ていなかったから気づいてなかっただろうが」

並木はパニーニに齧《かじ》りついて、続けた。

「男もちらほら何人か、おまえに熱い視線を向けていたぞ」

「それは……、まったく、気がつきませんでした……」

「男どころか、女の子からの熱い眼差しにも気づいていなかったんだろう？」

「ああ、僕は、…別れるまで、響子のことしか見ていなかったもので……」

「そうか。うん。……響子ちゃんとは、連絡を取っているのか」

「ああ、いえ、別れてからは一度も」

「そうか」

並木はもう一度そう言って、ひどく優しくほほえんだ。

響子は待鳥の元妻だ。大学一年の時に付き合いを始め、実に十年以上に及ぶ長すぎる交際を経て、結婚をした。また家族ができたと思って心底嬉しかった。だが、わずか二年で結婚生活は破綻《はたん》した。自分のせいで。結婚式ではスピーチまでしてくれた並木だが、離婚の理由について聞かれたことは、今日まで一度もない。親よりも長く待鳥のそばにいて、底辺にいた待鳥をわざわざ見つけだし、今の生活まで支えてくれている並木だ。聞きたいことは山のようにあるだろう。それでも並木はなにも聞かない。それがありがたく、同時に心底申し訳ないと待鳥は思う。

ふとテーブル席に動きを感じてそちらを見ると、チェックの合図をしている。待鳥は並木に会釈をした。

「ちょっと、失礼します」

「はいよ」

カウンターを出るために踵《きびす》を返した待鳥は、案の定、橘川からキツい視線を浴びた。そんな目で見られなくてはいけない覚えはないぞ、と思いながら橘川にも会釈をして前を通り過ぎようとした時だ。

「鳥さん。お代わり」

「はい、町田が承ります」

微笑はしていたが乱暴な言い方になってしまった。チェックシートを片手にカウンターを出ながら、まだまだ修業が足りない、と内心で溜め息をついた。

(それにしても、なにを考えているんだろう、彼は)

橘川に睨まれる理由がないし、並木は嫉妬の目だと言っていたが、そんな目で並木のことも睨んでいたらしい。隙《すき》があれば手を握ってくる、何度断ってもしつこく食事に誘ってくる……。

(橘川さんは僕に、そういう気持ちを持っているのか? いわゆる、同性愛者なのだろうか)

自分はゲイではないし、それとは関係なく、客からのそうしたアプローチは受け流している。はっきりと交際を迫られたら断っているし、橘川にも同様に、諦《あきら》めてくれるまでのらりくらりとかわすしかないと思った。

チェックを終えて客を見送り、テーブルを片づけてカウンターに戻る。いつのまにか並木が帰ってしまっていることに気づいて落胆すると、帰ってほしい橘川から、話相手になってほしいと言われて、捕まってしまった。待鳥は、仕事だ、と自分に言い聞かせて、笑みを浮かべた。

「先ほどは申し訳ございませんでした。おつまみは？」

「……ねぇ鳥さん」

「はい」

「さっきの……、カウンターの端にいた男は、誰」

「ああ。常連のお一人です」

「ただの常連には見えなかったけどね」

待鳥はきっちりと綺麗な営業スマイルを浮かべて答えたが、橘川は納得をせず、ひどく真剣な表情で待鳥を見つめた。嫉妬の眼差し、という並木の言葉が、また待鳥の頭をよぎり、わずかにうろたえてしまう。真っすぐに感情をぶつけられることなど久しくなかったから、どう扱えばいいか忘れてしまった感じだ。一瞬、言葉に詰まった待鳥に、橘川はすぐにいつもの微笑を取り戻して言った。

「どれくらい通えば俺も常連になれるのかな。毎日通わないと駄目ですか」

「なにをおっしゃいます。橘川さんのほうが、よほど常連でいらっしゃいますよ。先ほどのお客様より橘川さんのほうが、マメに通ってくださっていますから」

「へえ」

橘川はフンと鼻で笑った。まるで、馬鹿にされた、とでもいうような表情だ。そんなつもりはまったくなかった待鳥は、今度こそうろたえて、フォローをしなくてはと焦った。

「橘川さん、…」

「ご馳走さまでした。帰ります。チェックを」

「…、承知いたしました、すぐに」

謝る理由も思いつかないので、待鳥はいつもどおりに会計をすませ、橘川を見送った。

（……本当に、わからない男だな……）

疲れるなと思って小さな溜め息をこぼし、カウンターを片づけた。

店は午前零時に看板を降ろす。最後の客を見送って表の明かりを消し、ドアに鍵をかけてカウンターに戻ると、いつものように町田がサンドイッチを出してくれた。

「お疲れ様でした」

「お疲れ様。ありがとう、いただきます。だいぶ馴れたけど、やっぱりお腹《なか》が空《す》くね」

「途中で休憩、取ったらいいですよ。ペンネ程度になりますけど、賄い作りますから」

「町田くんが休めないのに、僕が休むわけにはいかないよ。本当に、僕が役に立たないせいで申し訳ない」

頭を下げた待鳥に、町田は苦笑をして首を振った。

「全部わかってて引き受けたのは俺ですよ。マスターだって知識だけなら、そのへんのマスターよりも豊富じゃないですか」

「ありがとう。学生に戻った気分で勉強をしているからね。フルーツを切ったりおつまみを作ったりはなんとかできるようになったけど、カクテルだけはなかなかねぇ」

「そのために俺がいるんですから。十八で専門学校に入ってから八年、この道一筋ですよ。一年生のマスターに追いつかれたら、立つ瀬がないってものですよ」

「そうなのか。本当に町田くんのほうがマスターに向いているよな」

「でもこの店は、待鳥マスターじゃないともちませんよ。オーナーもそのつもりで店を作ったんだろうし、そのつもりで俺をこっちに回したんでしょうから」

「……うん？　どういう意味？」

「さあ。よけいなことを喋るバーテンダーは嫌われますからね」

町田はクスクスと笑ってカウンター内の片づけを始めてしまった。待鳥も急いでサンドイッチを食べ、店内の掃除にかかる。町田を帰してからレジ締めをして、店を出る頃には二時近くになっている。近くのコンビニでビールとつまみになる惣菜を購入し、タクシーを拾ってマンションへ帰った。

神楽坂の店から二十分ほどで到着したマンションは、並木に再会した日に風呂を使わせてもらったあの部屋だ。並木がいくつも持っている社員寮の一つだそうだが、なんと３ＬＤＫ

もある。驚く待鳥に、店長待遇だと並木は説明してくれたが、かなりの高級物件だということは、過去にマンションを購入したことのある待鳥にはわかる。家具付きの室内もまるでモデルルームのような豪華さだ。

その広くて素敵なダイニングで買ってきたビールを一口飲んだ待鳥は、はああ、と疲れた息を吐きだして、惣菜のパッケージを開けた。

（未《いま》だに馴れないなぁ……）

室内を見回して苦笑をした。いくら仮住まいとはいえ、ここに越してきたときの所持品が、段ボール箱三つだけだった男が住んでいい部屋とは思えない。分不相応もいいところだと思う。

「家賃どころか光熱費も無料ってさ……。おまけに給料までくれて……」

つくづくと並木はすごい男だと思う。自分と三つしか違わないというのに、ここまで仕事で成功を収めている並木を、同じ男として本当に尊敬している。三十を過ぎて持ち崩した自分とは雲泥の差だ。

「……そうだな。いつのまにか三十半ばだ。並木さんなんか、もうすぐ四十だろう」

お互いにいい大人だ。オッサンだ。それなのに、学生時代と変わらず待鳥の面倒を見てしまう並木は、本当に情の厚い男なのだ。

「うん。並木さんは、学生の時から社交的だったし、どんな仕事に就いても、成功するだろ

う と思っていたが……」

並木は就職活動で忙しかっただろうに、合間を縫っては待鳥を食事に誘い、元気か、ちゃんと食べろと、親のようなことを言ってくれた。飲食関係の仕事がしたいと話してくれて、大手ファミレスチェーンに就職を果たした。その後の過労死するのではないかと心配するほど苛酷な労働も、勉強させてもらってるんだからと言って、楽しそうに笑っていたことをよく覚えている。

「実際、勉強だったんだなぁ……」

五年で会社を辞めたあと、自力でバーを開店し、それからたったの十年だ。十年でここまでの飲食店グループを経営するようになるとは、正直想像もしていなかった。

「明るくて、いつもニコニコしている奥様だったな。お子さんはまだ小学生かな……」

励める仕事と円満な家庭。それは待鳥が夢見ていたものだ。

「……なぜ僕は、そうなれなかったんだろう……」

響子のことは本当に愛していた。交際を始めてすぐに、この女性しかいないと確信した。どこまでも穏やかな性格で、気遣いもできる素敵な女性だと思った。寄り添ってくれる、という優しさが心地よかった。お互いに就職が決まった時に、結婚をしたいね、と待鳥から言った。響子はほほえみ、そうね、と答えてくれた。響子が大切すぎて、自分が一生を守れると確信できるまではと、体を求めることもできなかったが、響子は不満も言わずにそばにいてくれた。大学を出て、働き始めて、少しの貯蓄もできた。やっと正式にプロポーズをして、結婚をした時には、三十歳になっていた。

「親の遺《のこ》してくれた金で、マンションも買えたしな」

待たせてしまったが、ローンもないし、響子は喜んでくれた。これから二人で暖かい家庭を築いていくのだと思い、その責任と喜びで、身ぶるいをしたことを今でも思いだせる。響子と、いつか生まれてくる子供のために、自分にできることはなんだってやると決意を新たにした。響子の一生を守り、幸せにするのだと、心底から思っていたのに。

(それなのに……)

ふいに、愛してよ、という響子の泣きながらの声がよみがえり、待鳥は狼狽《ろうばい》して椅子《いす》を立った。響子にすまなくてすまなくて、それなのに恐ろしくて、思いだすと今でも動悸《どうき》がしてしまうのだ。急いでテレビをつけて気を紛らわす。

『愛してよ、お願い、愛して……』

響子の泣き顔、細い声——。

待鳥の動悸は一層激しくなり、体がふるえてきた。

「…すまない、すまない響子、ごめん……っ」

響子のことを頭から追い払うようにビールを呷《あお》り、仕事に逃げた。自分のためにつけている日報を書き、酒やカクテルの本を読んで勉強をする。どちらも膨大な量があり、歴史や成り立ちを知るのが楽しい。勉強の一環で、町田にカクテルを作ってもらって味を覚えたりもするが、マティーニにしてもサイドカーにしても、店によって味がまったく違って奥が深い。

「それをまた、作れる町田くんもすごいよなぁ……」

『Bird's Bar』でのカクテルは並木のレシピだと聞いたことがある。自分のレシピは自分の店を持つまでは出せないのだとも聞いた。町田もいつか独立することを夢見て働いているのだろう。頑張れよ、と待鳥はほほえんだ。夢を見られるのは若い時だけの特権だ。

「…さて、マンハッタンの練習をするか」

こつこつと、ステアで作れるカクテルの練習を続けている。混ぜるだけのはずなのに、なかなか町田から合格を貰《もら》えない。それでも待鳥は楽しそうにキッチンに立った。仕事のことを考え、勉強をすることが楽しい。それ以外に待鳥にはなにもなく、なにもない自分を見るのがいやだった。

つまりは仕事に逃げているのだ。


『Bird's Bar』は水曜から日曜、午後五時から零時まで営業している。掃除や仕込みがあるので、午後の三時には店に入るようにしている。

「マスター、おはようございまーす」

「おはよう、町田くん」

私服の町田は学生にも見えて、待鳥はいつも可愛いなと思ってしまう。床に掃除機をかけ、テーブルやカウンターを拭く。町田はカウンターで下拵《したごしら》えに取りかかり、待鳥は店の表やトイレの掃除、生花を整えたり飾り棚の掃除をすませる。お絞りの集配を受けてホットキャビに入れ終えたところで、町田が声をかけてきた。

「マスター、ピンチですー」

「はい、どうした?」

「レモンとオレンジが足りなくなる予感がします。明日配達ですよねー、どうします?」

「買ってくるよ。ケチって薄切りにして出すなんて、品のないことはしたくないからね。ほかに危なそうなものは?」

「あとは大丈夫です。なんかやたらとカンパリ・オレンジのオーダーいただきますけど、ドラマかなんかに出てきたんですかねぇ」

「ドラマだか映画だかわからないが、カンパリ・オレンジでよかったよ。マレーネ・ディートリッヒをオーダーされたら、僕は止めてしまうだろうし、それでお客様を怒らせそうだ」

「でも卒倒されたら困りますからね。あんまり強いカクテルが流行《はや》らないといいですけどねー」

「そうだね。じゃあ買い物にいってくる」

「はい、食事作っときます。ガッツリ食べて今日も頑張りましょう」

お願いしますと答えて、待鳥は店を出た。

今日は金曜日だ。週末はどこの飲食店も混雑するが、『Bird's Bar』では「麗しの待鳥マスター」目当ての女性客が多く来店するので、待鳥はいつも以上に緊張する。夕食をすませてからすぐに立ち寄ってくれたような、そんなまだ早い時間は若い女性客が多い。

「マスター、こんばんはぁ、会いたかったですぅ～」

「こんばんは、いらっしゃいませ。お席は……、カウンターでよろしいですか？」

「もちろん～。テーブルじゃマスターの顔がよく見えないもん」

「だよね～」

いつも連れ立ってくる仲良し二人組の女性客だ。ファッション誌の街角スナップにでも載っていそうな、お洒落《しゃれ》な服装をしているので、販売か、サービス業に就いているのかなと待鳥は思っている。二人はいかにも女の子らしい、甘くて軽いカクテルをオーダーすると、はいっ、と待鳥に小さな包みを差しだした。

「これこの間見つけたの～。絶対マスターに似合うと思って。受け取って～？」

「わたしに？　よろしいのですか」

「貰ってください～」

「いつもありがとうございます。なんでしょうね」

内心では困ったなと思いながらも、微笑でプレゼントを受け取った。待鳥ファンの中でも特に若い女性客は、待鳥のことをアイドル視しているふうで、今日のように小さなプレゼントをよく贈ってきたりする。バレンタインには紙袋からこぼれそうなほどのチョコを、クリスマスなど段ボール二箱にも及ぶプレゼントを貰った。もちろんホワイトデーにお返しはしなかったし、クリスマスプレゼントも貰いっぱなしだ。中には、待鳥も並木も町田も満場一致で、返さねばならぬと思う高額なプレゼントもあったりで、困ることが多いのだが、店で泣かれたり騒がれたりするよりはということで、とりあえずはすべて受け取っている。

今日渡されたプレゼントは、ラペルピンだった。当然、小鳥モチーフだ。待鳥はピンを手に取り、微笑で礼を言った。

「ありがとうございます。とても素敵なデザインですね」

「もー、見た瞬間、マスターにあげなきゃって思って～。リングもカフスもつけられないって聞いたから、それなら大丈夫かなって。ね、つけてみてください～」

「申し訳ございません、仕事中に服をさわることはできないもので」

「え～、そうなんだぁ。じゃあつけたところ、写メしてくださいよぅ～。あたしのメアド、知ってますよね？」

「はい、存じております」

「じゃあ絶対送ってくださいねっ、絶対ですよっ、指切りっ」

「……、はい」

待鳥は一瞬怯《ひる》んだが、引きつりそうになった顔を練習を積んだ営業スマイルで隠し、指切りをした。そこへ町田が助け船を出すように、オーダーを受けた軽食を出してくれたので、指切りは一秒でほどかれた。

「失礼します」

鉄の営業スマイル、女性客たちがうっとりする綺麗な微笑で会釈をして、待鳥は逃げるようにテーブル席に軽食を運んだ。女性たちは、マスターにさわっちゃった、すっごい綺麗な指、と言い合ってはしゃいでいる。あとは勝手に盛り上がってくれるので楽だ。カウンターに戻りながら、町田に「ありがとう」の視線を向けると、町田も「どういたしまして」という具合に笑みを返してくれた。

そんな女性客がパラパラと続き、夜は更けていく。十時過ぎにやってきた女性の一人客から、またしてもプレゼントを貰ってしまった。

「はーい、マスター、今日のお誕生日、おめでとう～」

「ありがとうございます。でもこの調子だと、わたしは年に二十歳は歳を取ってしまいますよ」

クスクスと笑った時、橘川が来店した。女性に一言断ってから、橘川を迎える。なにをオーダーするか、聞かなくてもわかっているが、尋ねるのが仕事だ。

「いらっしゃいませ」

「こんばんは、鳥さん」

橘川はいつものスツールに腰を下ろすと、ちらりと女性客を視線で示し、声を落として、でもおかしそうに言った。

「今日は鳥さん詣での日でしたか」

「わたしは詣でてもらうようなありがたい人間ではありませんよ」

待鳥も微苦笑をしてお絞りを出した。

「今日はいつもより遅いご来店ですね」

「んー、得意先の接待で。疲れました」

「お疲れ様です。お水をお出ししましょうか。飲んでいらっしゃらない?」

「ああ、大丈夫です。烏龍茶《ウーロンちゃ》でお付き合いしてましたから。いつものをください」

「ハイランド・クーラーですね? かしこまりました」

めずらしく疲れた表情を見せる橘川を見て、待鳥は内心で、会社勤めだったのかと驚いた。なにしろいつも割合と早い時間に来るし、それも週に二、三回という回数の多さだ。身につけているものだって、橘川くらいの年齢の会社員だったら、まず買えないものばかりだ。接待ならもてなす側ではなく、受ける側だろう、さらにある程度自由に時間を使えることから、独立した士業だろうと思っていたのだ。

(ともかくも、前回の不機嫌を引きずっていなくてよかった)

　ホッとして橘川にカクテルとチャームを出し、おつまみのオーダーを貰ってから、じりじりして待鳥を待っていることがわかる女性客の前に戻った。

「お待たせしました。今日もお花をありがとうございます」

「気に入ってくれたぁ？」

「ええ。とても美しいですね。これはなんという花ですか」

　待鳥が抱えているのは、紫やピンクでできた大きな花束だ。花にはまったく疎い待鳥が尋ねると、女性もうぅーんと首をひねった。

「わかんない。今日の誕生日は紫のイメージだったから、紫で花束を作ってってお願いしたの」

「今日は紫のイメージですか」

「そう～。なんかこう、ムラムラする感じ。マスターをお持ち帰りしたい気分なんだけどなぁ」

「申し訳ございません、あいにく先約がありまして」

「ええ～っ、誰ぇ～っ⁉」

「そこにいる町田くんです」

　話を振られた町田はプフッと噴くと、持ち帰りますよと答えて女性に笑みを向けた。女性がコロコロと笑う。タイミングを計っていた待鳥は、花を活《い》けてきますねと断って、女性の前を離れた。カウンターの端で花を活けながら、やれやれよかった、と待鳥は安堵した。

（橘川さん……、女性のお客様と話していても変に絡んでこないのに、なぜ並木さんを相手にしていると不機嫌になるんだろうな）

並木の言ったように嫉妬であるなら、女性客にこそ、その感情を向けそうなものだと思うのだ。

（よく、わからないな……、彼のことは）

けれど店を預かる者として、客を不愉快にさせて帰したくはない。橘川の地雷がどこにあるのか、慎重に見ていかなくてはと思った。

十一時になった。あと三十分でラストオーダーだ。女性客は手元のグラスを空にすると待鳥に投げキスを送って帰っていき、カウンターは橘川だけとなった。女性のグラスを片づけ終えた待鳥は、橘川のグラスが空になっていることに気づいて、慌てて尋ねた。

「お代わりはいかがなさいますか」

「そうだな。……この前、鳥さんが、あの常連の男に作っていたカクテル。あれがいいな」

「…橘川さん、あれは……」

「鳥さんが、作ってください」

「いや、ああ……」

待鳥はちょっと困った。並木に出したカクテルはノンアルコールの、言ってみればジュースだ。わざわざ酒を飲みにきてくれている橘川にジュースを出すのも申し訳ない気がするし、どうしたものかと悩む。けれど橘川には待鳥が出し惜しみをしているように感じられたのか、ついこの間、待鳥に見せた、硬く不機嫌な表情で言った。

「鳥さんがカクテルを作るのは、あの男にだけということですか」

「ああ、いえ、そうではなくて、…」

「鳥さんにとって、あの男は特別なんですか」

「橘川さん……」

待鳥は、悪いと思ったが小さく笑ってしまった。なんだか、自分が一番でなくてはいやだと拗ねる、子供のようだと思ってしまったのだ。ますます表情を険しくする橘川に、ふと待鳥は、いたずら気分になって言った。

「あのカクテルは、橘川さんにはふさわしくないと思いますよ」

「……っ、ふさわしいかふさわしくないかは、俺が決めます。作ってください」

「はい、かしこまりました」

待鳥の思ったとおり、橘川は半ば怒った表情を見せた。さて飲んだらどんな顔を見せてくれるだろうと思い、内心でニヤニヤと笑いながらカクテルを作った。

「お待たせいたしました」

「……ありがとう」

グラスを出すと、橘川はまだ怒った表情でそれを口に運んだ。一口含んで、味をたしかめた瞬間だろう。

「……!?」

なんだこれ、というふうに橘川が目を丸くした。まさに、待鳥が見たかった子供のような表情だ。いけないと思いつつもプククと笑ってしまった。

「ですから、ふさわしくないと申し上げたでしょう」

「これを本当にあの男に？　これは、なんですか？　酒？」

「シャーリー・テンプルという名前の、ノンアルコールカクテルです」

「え、ジュース……？」

橘川は唖然《あぜん》とした表情をする。待鳥がクスクスと笑いながらうなずくと、驚きから立ち直ったらしい橘川も、嬉しそうな微笑を浮かべて待鳥を見つめた。

「鳥さん、初めて本当に笑ってくれましたね」

「あ、…申し訳ございません、いつもそんなに無愛想でしたか」

苦手意識が顔に出てしまっていたのだろうかと焦ると、橘川はふふっと笑って首を振った。

「いいえ。いつも綺麗な営業スマイルを見せてもらっています。女性たちがこぞって詣でにくる、麗しの待鳥スマイル」

「麗しいだなどと、とんでもない。こんな中年のオジサンですよ」

「でも本当ですよ。完璧に綺麗な営業スマイル」

「……」

「でも今、作った微笑じゃなくて、本当に楽しくて笑ってくれたでしょう。ずっとその笑顔が見たかったんです。とても嬉しいな」

「橘川さんとお話できて、いつも楽しいですよ。もうラストオーダーになりますが、お口直しになにかお作りしましょうか」

営業トークに営業スマイルでかわす。またしても待鳥を口説いているような科白《せりふ》を言われて、困惑してしまう。どういうつもりなのだろう、本当にそういうつもりなのかと内心で溜め息をこぼした時、入口ドアがかなり乱暴に開けられた。

「……、いらっしゃいませ」

入口ドアに視線を向けた待鳥は、入ってきた客が、ある意味、橘川よりも苦手な客だとわかって、一瞬出迎えの言葉が遅れてしまった。それに気づいたのか、橘川の視線を感じる。

待鳥は、落ち着け、と自分に言い聞かせ、危なっかしい足取りでカウンターに歩いてきた女性客に微笑を向けた。

「こんばんは、邑崎《むらさき》さん。もうラストオーダーになりますが、よろしいですか」

「もちろん、よろしいよろしい〜。だってマスターに会いにきたんだもん、飲めなくたって気にしない〜」

「だいぶお召しになっているようですね。お水をお出ししましょうか？」

「お水なんていらなーい。でもぉ、飲まないとマスターが困るもんね～。んー、町田くぅん、今日のお薦めちょうだいなぁ～」

そう言って、崩れるようにスツールに座った。待鳥が町田に目配せをすると、町田も心得ているというふうに小さくうなずいて、女性に答えた。

「かしこまりました。それでは今夜のお洋服に合わせて、メアリー・ローズをお作りいたします。よろしいでしょうか」

メアリー・ローズは名前のとおりに、グラスの底に薔薇《ばら》色を沈めた美しいカクテルだ。アルコール度数はわずか三度ちょっと。女性は以前にもかなり酔って来店したことがあり、よかれと思ってフレッシュジュースを出したら、馬鹿にするなと怒り狂ったことがある。いくらノンアルコールを薦めたくても、それを提供するのは危険なのだ。女性は町田の言葉を聞いて、嬉しそうに笑った。

「あたしの今日の服ぅ？　いいでしょう～、マスターのために新調しましたっ。ねぇちょっと、ノーマ・ジーンが着そうじゃない～？　ねぇマスタ～」

「ええ、本当に。とてもセクシーで、お似合いです」

待鳥が鉄壁の営業スマイルで答えると、女性はなんとも甘ったるい吐息をこぼして、あからさまに待鳥に誘う眼差しを向けた。女性は待鳥ファンなどという可愛いものではなく、待鳥のセックスが目的の、要注意人物筆頭なのだ。待鳥が当たり障りなく、服の色がいい、どこで作ったなどと話していると、タイミングよくテーブル客がチェックを求めてきたので、これ幸いとカウンターを出た。代わりに町田がカクテルを出しがてら話相手を務めてくれる。なるべくゆっくりテーブルを片づけ、いやいやカウンターに戻り、これまたなるべくゆっくりグラスを洗い、とにかく女性から離れていようとした。女性は焦《じ》れて、だらしなくカウンターに身を乗りだした。

「マスター、お片づけはまだぁ～？」

「申し訳ございません、すぐに」

「も～。あ、ねぇ、あたし、チョコレートが食べたい。あの丸いの、ある～？」

「クリームチョコレートですね？　ございます」

ミルクチョコレートの中にバニラクリームが入ったトリュフチョコだ。並木が知り合いのチョコレートショップから仕入れているもので、女性客に絶大な人気がある。そのトリュフチョコとべつのビターチョコ、オレンジピールをプレートに綺麗に盛って出す。女性はうふふと笑うと、上目遣いに待鳥を見上げて言った。

「マスター、食べさせて」

「…お口に入れるものですから、ご自分の手で召し上がったほうがよろしいですよ」

「やだ。マスターに食べさせてもらいたいのーっ」

眉を寄せて口をとがらせ、駄々をこねる口調は、うわーっ、と泣きだす前兆だ。やれやれと思いながら待鳥は言った。

「一口で入るでしょうか。大きくお口を開けて」

「あー」

女性が口を開けた。まるで安物のダッチワイフのような表情だ。待鳥の背筋にゾッと悪寒が走り抜けたが、強く拳《こぶし》を握りしめて耐える。顔には引きつる寸前の営業スマイルを浮かべ、チョコをつまんで女性の口元に運んだ。女性の目が妖《あや》しく光った。チョコごと待鳥の指を口に含もうという魂胆が見える。待鳥はにっこりと笑うと、ポイ、と女性の口にチョコを放りこんでしまった。

「はい、うまく入りました」

ハラハラしながら成り行きを見ていた町田は顔を背けてプッと笑ったが、女性のほうは思ったとおりに事が運ばず、さらに苛立ったようだ。チョコを放りこんだ待鳥の手をガッと摑むと、絶対に逃がさないというように指を絡め、両手で包んだ。待鳥の体がビクッと小さく竦《すく》む。仮面のような微笑を作る待鳥に、女性は搦《から》め捕《と》るような眼差しで言う。

「どうしてマスター、いつもそんなに冷たいのぉ？」

「冷たくなんて、していませんよ」

「嘘《うそ》ぉ。あたしが来ると、いつも逃げるじゃない。あたしはマスターに会いにきてるのっ、

こんなにマスターが好きなのにぃっ」

「ありがとうございます」

「ねぇマスター、あたしでいいじゃない。奥さんいないんでしょぉ？」

「そう見えますか？」

「絶対、いないっ！　女の匂《にお》いがしないもん。ねぇマスター、ホントに好きなのぉ。大好きなのーっ」

「ありがとうございます」

「そんなこと聞きたいんじゃないっ。ねぇあたしのことを好きになってよぉ。なんでも買ってあげるからぁ。車がいい、時計？　それともマンション？」

「とんでもない。わたしには分不相応です」

待鳥の鉄の営業スマイルも、もはや保つのは限界だ。頬《ほお》が引きつり始めている。熱いというよりも粘りつくような恋情を切々と訴えながら、同時に待鳥を「買う」と言う女性に、いけないと思うのに、恐怖にも似た嫌悪を感じてしまう。黙っているが、橘川の視線も強く感じる。どうしよう、乱暴に手を振り払ってしまいそうだ、吐き気がする、もう我慢ができない……、脇を冷たい汗で湿らせた時、入口ドアが開いた。待鳥はグラグラする頭で、それでも来店客に顔を向けた。

「いらっしゃ…」

「マスターッ！　ここにあたしがいるのにっ、ほかの誰かなんか見ないでよっ。あたしだけを見てっ」

　女性は泣きながら甲高い声で言うと、摑んでいる待鳥の手を自分の胸に押しつけた。ヒュッと息を吸った待鳥の呼吸が、そのまま止まる。胸の弾力が響子のものと重なった。あたしだけを見てという言葉が、響子の声で聞こえた。

「――」

　一気に血の気が引いた。吐き気がこみあげて、空っぽの胃袋が痙攣《けいれん》した。しゃがみこみそうになった時、いつのまにバックヤードに入ったのか、町田がそこから顔を出して待鳥に言った。

「マスター、業者のかたが確認したいことがあるそうです」

「そう……、はい……」

　待鳥は真っ青な顔で、なんとか口だけを笑みの形にして女性に言った。

「申し訳ございません、少々失礼します……」

「やだ、マスターッ」

「……」

　自分の立場も相手がお客様だということも考えられず、待鳥は乱暴に女性の胸元から手を引き、倒れそうになりながらバックヤードに逃げこんだ。バックヤードで待っていた町田が、待鳥の体を支えて椅子に座らせる。

「大丈夫ですか、マスター。はい、水」

「あり…ありがとう……」

「あとは俺が。閉店だと言ってお帰り願いますから」

「……」

返事もできずに待鳥はただうなずいた。吐き気がひどい。喉元《のどもと》までなにかがせり上がってきて口を押さえた時、待鳥、という穏やかな並木の声がした。

「我慢しないで吐いちまえ。ほら、外で……」

「……」

並木に抱えられて裏口を出る。壁に手つき、並木に背中をさすられながら、わずかに消化物の交じった胃液を吐いた。手渡された水で口をすすぎ、バックヤードに戻る。並木は待鳥を椅子に座らせ、ふるえる体に上着をかけてやった。しばらくゆっくりと背中をさすってやるうちに、待鳥のふるえは治まっていく。労《いた》わるように待鳥の肩を抱いて、並木は言った。

「もう上がれ。帰っていいから」

「大丈夫です……、少し、驚いただけです。……駄目ですよね、客商売だっていうのに、あれくらいのことで驚いてたら……」

そう言って、待鳥は笑ったつもりだったが、その表情はどう見ても苦痛に歪《ゆが》んでいる。並木は小さな溜め息をこぼして言った。

「店閉めたら、送るよ」

「……すみません、お言葉に甘えます」

情けないとは思ったが、まだ時折胃が痙攣をするし、軽いめまいも残っている。帰り道で倒れて他人様に迷惑をかけるより、並木の厚意に甘えたほうがましだと思った。

洗面台で顔を洗ってから、バックヤードを出た。緊張しながらカウンターに視線を向けると、もう女性の姿はなかった。よかったと心底ホッとしつつも、こうしたことに馴れなければいけないと反省をした。町田は、一人、カウンターに残っていた橘川の話相手をしていたが、待鳥が戻ってくると、その場を譲りながらちらりとその橘川を視線で示した。待鳥は、まさか、と不安に思いながら橘川に言った。

「お相手もいたしませんで、失礼をしました」

「いや、それはいいんだけど」

「申し訳ございません、橘川さん。先ほどのお客様からなにか、ご迷惑になるようなことを……？」

「ああ、いいえ。帰ってもらっただけですよ」

「あの…、それは、橘川さんが……？」

まさか女性の首を摑んで放り出したわけではないのだろうから、だとしたら、あの手に負えない有様だった女性を、なだめすかして帰してくれたのだろうか？　もしそうなら橘川に大変な迷惑をかけてしまったことになる。

（僕がしっかりしていないばかりに……）

どう詫《わ》びをすればいいのだとうろたえると、橘川はふふふと笑った。

「鳥さんは、そういうところが可愛いんだ。どうしても守ってあげたくなる」

「冗談をおっしゃっている場合では、…」

「冗談なんかじゃありませんよ。本当に鳥さんは可愛い」

「……」

なぜそういう答えが返ってくるのかまったく理解できない。混乱しながら、ともかくも謝罪をしたところで、表のドアから並木が入りなおしてきた。待鳥が無意識にしろ、ホッとした微笑を浮かべてしまったこともよくないのだろうが、カウンター奥のスツールに着いた並木に、橘川がキツい視線を向けた。待鳥は困惑した。もし本当に嫉妬だとしても、なぜ並木にそうした感情を抱くのかわからない。どうしたものかと固まってしまった待鳥に代わって、町田が笑顔で橘川に言った。

「橘川さん、申し訳ございません、そろそろ閉店の時間となります」

「ああ、ごめん、長居をしてしまった。チェックを頼めるかな」

「かしこまりました。…マスター？」

町田がコソッと待鳥に声をかけた。基本的にレジは待鳥しかさわれないことになっているからだ。待鳥はハッとして、慌てて会計をした。

「壱万円お預かりいたしましたので、お釣りの四千円です。おたしかめください」

「ありがとう。……鳥さん」

「はい、なんでしょう」

「まだ顔色が悪い。自宅まで、送ります」

「ああ、いえ、とんでもございません」

そんなことを言ってくれるとは思わず、少し驚きながら待鳥は断った。

「体調は悪くございませんので。顔色が悪く見えるとしたら、空腹のせいかもしれません。お気遣いありがとうございます」

「本当に大丈夫?」

「はい、大丈夫です」

待鳥はにっこりとほほえんでみせたが、橘川は納得をしていない。心配そうな表情で待鳥を見つめたが、それを鋭い視線に変えて並木を見た。先に店を出たほうが負けだとでもいうように、わずかにグラスに残った酒をチビリチビリと飲んでいる。それでも五分でグラスは完全に空になった。並木のほうは町田がいれたコーヒーをのんびりとすすっている。橘川はギュッと唇に力を入れたが、空のグラスのまま居座るような野暮な真似《まね》はできない男だ。ふっと息をつくと、待鳥に微笑を向けてスツールを立った。

「本当に気をつけて帰ってください」

「はい。ありがとうございます。橘川さんも気をつけてお帰りください」

橘川はうなずくと、最後に並木を一瞥《いちべつ》して店を出ていった。

はあ、と思わず溜め息をこぼした待鳥が橘川のグラスを片づけていると、ふふふと笑って並木が言った。

「どうも俺は彼に嫌われているよな」

「ライバルだと思われているんじゃないですか」

町田が笑いながら言った。

「俺は橘川さんが初めて店にいらした時から、マスター狙《ねら》いだなと思ってましたよ」

「へえ？　振りのお客さん？」

「いえ、小菅《こすげ》さんの時の常連だったというかたが、店が開いてたんで覗《のぞ》いてみたとおっしゃって、その時のお連れ様です」

『Bird's Bar』がオープンする前、ここは『樽《たる》』というダイニング・バーだった。その時のマスターが小菅だ。並木はニヤリと笑ってうなずいた。

「で、元の常連さんは来なくなったけど、さっきの彼が新たに常連になってくださったと」

「ええ。テーブル席だったんですけどね、橘川さんがマスターを見る目が、女を品定めする目でしたからね。あー、この人もマスターにやられたかぁと思いましたよ」

「も？　ほかにもいるの」

「俺が気づいた限りじゃ、あと三人ほどいますよ」

それを聞いて並木は声をたてて笑った。

「待鳥、どうする。女も男もより取り見取りだ」

「どうもしません。困るだけですよ」

「男は影のある女に弱いからなぁ」

「並木さん、僕は、男ですよ。それより町田くん、その三人て、どなたなんだい」

「菊地《きくち》さん、榎《えのき》さん、田丸《たまる》さんですね」

「……まったく、気づかなかったよ……」

ほとほと困ったというふうに待鳥は溜め息をこぼした。並木はコーヒーを飲み干すと、カップを町田に返しながら言った。

「美男だし雰囲気も品があるし、穏やかで人あたりがいい。なにより真面目だろう？　看板娘にはぴったりだと思って店に置いてみたわけだが、ハマりすぎちまったよなぁ」

「ええ。マスターがモテる店は繁盛しますけど、モテすぎですもんね。しかも金持ってそうなお客にばっかり目をつけられて。やっぱあれですかね、美人だから、愛人にしたくなるんですかね」

「町田くん、やめてくれよ」

待鳥が顔をしかめて言うと、町田はへへへと笑った。

「馴れてくださいよ。この仕事をしてたら仕方ないことですから」

「まあなあ……」

溜め息をこぼしてうなずいた待鳥に、並木が微笑を浮かべて言った。

「……辞めたかったら、辞めていいぞ」

「いや、並木さん、待ってください、…」

「本当にさ。待鳥はもともと、昼間働くことが合ってる人種なんだから」

「……」

「会社勤めになったらなったで、人間関係で煩わしい思いをすることになるだろうとは思うけどさ。でも待鳥には、酔客の相手よりそっちのほうが楽だろう?」

「並木さん……」

「ここ辞めるか？　辞めて、本社の事務仕事のほうに回るか?」

「いや、そんな、とんでもない」

待鳥は驚いて並木に言った。

「カクテル一つ作れない僕をお店で使ってもらって、それだけで、ほかの社員のかたたちからすれば、なにを甘えてということになります。それなのに、酔ったお客様が苦手だからと昼の仕事に回してもらったのでは、それこそ僕は、並木社長の馬鹿息子と呼ばれてしまいます」

「でもなぁ、待鳥……」

「お店を開けて、まだ一年です。常連のお客様も、やっとついてくださったところです。このまま投げだしたくはありません。僕自身、マスターとしての仕事がなに一つできないというのに、お金をいただいていることについては、本当に申し訳ないと思っています」

「待鳥、そのことは、…」

「ですから、もう少し頑張らせてください。お客様にお店に来ていただくことで、並木さんにはご恩をお返ししたいと思っています、僕も早く仕事ができるように頑張りますので」

「待鳥、恩とか、そういうのはやめろ」

「…、すみません。でも、お店はやらせてください。僕は町田くんのように気の利いた話相手にもなれませんが、しかし、話を聞くのは好きです、楽しいと思っています、それはどんなお客様でもそうです、苦にはなりません、ですからどうか、お店を続けさせてください」

「うーん……」

待鳥に頭を下げられて、並木は唸《うな》った。待鳥が本当にバーのマスターという仕事に楽しさを見出《みいだ》しているのか、それとも待鳥言うところの恩のために頑張ろうとしているのか、付き合いの長い並木にも判断がつかない。ここで並木が本社に移れと言えば、待鳥は素直にうなずくだろう。待鳥にとっては、先輩であり社長であり、生活の面倒を見てくれている恩人の命令だからだ。

（冗談じゃねぇや）

並木は腹の中でフンと鼻を鳴らした。ただただ待鳥が可愛くて、勝手に構っているだけなのだ。たとえそんなつもりはなくとも、立場を笠にきてというようなことなど、したくない。

並木は町田に視線を向けた。

「町田はどう思う」

「俺ですか？」

自分のような若造に意見を求めてくるとは思っておらず、町田は目を丸くして答えた。

「そうですね、ここはもうマスターの店になってますからねぇ。変な意味じゃなくて、マスター目当てに通ってる常連さんばっかかですよ。たとえばですけど、マスターの代わりに『ミユゲ』の神保《じんぼ》さんを置いても、うーん、フルートグラスに注いだピカドールみたいになると思いますねぇ」

「そうだよなぁ、神保は妖艶《ようえん》すぎてこの店にはそぐわんよな。美人は美人でも質が違う」

並木は小さな溜め息をこぼし、少し緊張しているふうな待鳥に、微笑を浮かべて言った。

「じゃあもう少し、頑張ってもらおうか？」

「…はいっ、ありがとうございますっ」

待鳥は首にならずにすんで、心の底からホッとして並木に頭を下げた。

店仕舞いもすみ、町田が帰っていく。売り上げを袋に入れてレジの鍵を閉めた待鳥は、店の照明を落としてバックヤードに入ると、並木に売り上げを渡しながら言った。

「すみません、金庫に入れていただけますか。さっきの、掃除してきてしまいますので」

待鳥が裏の路地で吐き戻してしまったものだ。並木は売り上げを金庫に保管しながら答えた。

「うん？　ああ、もう片づけた」

「あ…、すみません……」

自分の吐瀉物《としやぶつ》を片づけさせてしまったと知って、恥ずかしさで待鳥は顔を赤くした。並木は金庫をロックすると、振り返って待鳥に微笑を向けた。

「町田が夜食を作ってくれなかったしな。なんか食って帰るか」

「……はい」

裏口を出てちらりと吐いたあたりを見ると、本当にきちんと掃除がしてある。待鳥は肩を落として言った。

「並木さんにこんなことまでさせてしまって……、今日はもう……、いろいろと、情けないことばかりで……、本当に僕は自分が……」

「いいんだよ」

並木はふふふと笑い、元気づけるように待鳥の肩をポンポンと叩いた。そのまま肩を抱き、車へ向かいながら言った。

「おまえはさ、まぁ、病み上がりみたいなもんなんだから」

「病み上がりですか……そうかもしれませんね……」

「そうだよ。木賃宿で見つけた時のおまえときたら、もう……」

「……」

「俺のわがままで水商売なんかさせて、悪いと思っているけどさ。まあどんなのにしろ、仕事してさ。寝て、食って……、前よりずっと人間らしくなってくれたしな」

「人間らしく、ですか……」

「本当だぞ。……ちょっとずつでいいんだよ、待鳥。もう少し生きてみるかって、思えるようになるまでさ。ちょっとずつ、気力ってやつを貯《たくわ》えていこう。な?」

「はい。……ありがとうございます」

「そんなかしこまるなよ。コーちゃんの面倒をオニーチャンが見るのは当たり前だろうが」

オニーチャンという言葉を聞いて、待鳥がクスクスと笑う。和んでくれたかと思い、並木はホッとして待鳥の肩をギュッと抱きしめた。

一方の橘川は、店を出たあと、タクシーを拾いがてら歩道をのろのろと歩いていた。

「…くそ、あいつ……」

閉店だというのに、帰る素振りも見せずにコーヒーを飲んでいたことが気に障る。ただの常連だと待鳥は言っていたが、とてもそうは思えない。ただの客なら座らない、また待鳥たちも絶対に薦めないカウンター奥を指定席にしていることも、あの男だけには待鳥がカクテルを作るということも、とにかくなにもかもが気に入らない。

「前からの鳥さんの知り合いなのか……？」

たとえば友人よりももっと親密な——。

「……」

ギリッと奥歯を嚙《か》んだ橘川は、コンビニの前まで来て足を止めた。待鳥の青い顔が思いだされた。

「……やっぱり送っていこう」

コンビニに入ると、待鳥のために温かい缶スープとお茶とサンドイッチを購入し、バーへと引き返した。

裏口のある路地から、少し離れた歩道のガードレールに腰を乗せて待鳥を待つ。しばらくすると町田が路地から出てきて、橘川がいる場所とは反対方向へ坂を下りていった。さらに十五分ほど待ったところで、待鳥が出てきた。並木とともに。

（あいつ……っ）

並木が待鳥の肩を抱いている姿を見て、頭に血が昇った。とっさに出ていきそうになった。

出ていって、どういう関係だと問い詰めたかった。だが、グッと奥歯を嚙んでこらえる。そんなガキのような真似、みっともなくてできっこない。頭では、帰れ、もう二人のことは見るな、と思うのに、足が勝手に二人を追った。少し坂を下り、道を折れたところに機械式のパーキングビルがあった。並木が係員にキーを渡し、出された車の助手席に待鳥を乗せた。ハンドルは並木が握る。二人が乗った車は、とっさに顔を伏せた橘川の横を走り抜けていった。

「……」

橘川は無意識に止めていた息をゆっくりと吐きだした。肩を抱き、抱かれ、寄り添って歩く二人。誰も間に入れないような親密な空気をまとって。店の閉店後、並木の車で帰る待鳥——。

「…なにが、ただの常連だ……」

待鳥の、男じゃないか。

橘川はコンビニの袋をきつく握りしめた。

二日が経《た》った。明日は店休日という日曜日の晩だ。

(邑崎さんが来店されたら、どう言って謝ろう……。いや、謝るのが正解なのか？　なにに対して謝るんだ。途中でバックヤードに抜けたことか？)

それについて謝るのはおかしい。それなら女性にセクハラされたことを謝るのか？

（いやいや、そのほうがよっぽどおかしい）

どうすればいいかなぁ、と待鳥は内心で溜め息をついた。あの金曜の夜、並木と食事にいった先で、どうすればいいのか相談をしてみたところ、なんにもなかった顔で迎えるのが正解だと言われた。そうできればいいが、待鳥を吐くほど動揺させた女性の顔を見て、なんにもなかったことにできる自信が、待鳥にはないのだ。

今度は本当に小さな溜め息を洩らした時、入口ドアが開いた。いけないと思うのに、ビクッと体が竦んでしまう。そっとそちらへ目を向けた待鳥は、やってきたのが橘川だと知って、思わず安堵の吐息をこぼしてしまった。

「いらっしゃいませ、橘川さん」

「こんばんは、鳥さん。俺を見てホッとしたように微笑《わら》ってくれたのは、初めてですね」

「あ、申し訳ございません、気を抜いているわけでは……」

「そういう意味じゃありませんよ。いつものをください」

橘川は苦笑をした。

待鳥はチャームを用意しながら、だいぶ以前のことを思いだした。日曜なのにいつも来てくださってと待鳥が言った時、月火と二日も鳥さんに会えなくなるんだから、日曜だろうがなんだろうが来ますよ、と橘川は答えたのだ。それ以来、本当に日曜は欠かさずに来てくれるな、と思って微笑をすると、目ざとくそれに気づいた橘川が尋ねた。

「なに。可愛らしく笑って」

「可愛くはありませんよ」

ふふふと笑い、待鳥は言った。

「お客様がみんな、橘川さんのように穏やかなかただといいなと思いまして。ああ、愚痴です、忘れてください」

「あれ。まんまと騙《だま》されてますね」

橘川はアーモンドをキャラメルで寄せたものを口に運び、ニヤリという具合に笑った。騙されている？　と尋ね返した待鳥に、ふふふと笑って橘川は答えた。

「そう。鳥さんに好かれたくて、いい子の振りをしているんです」

「そうだったのですか？　それではこれからも、ぜひいい子の振りをなさっていてください」

「釘《くぎ》を刺された？　困っちゃうな」

橘川が微苦笑をしたところで、来客があった。待鳥はどうしてもビクリとしてしまう。けれどやってきたのは初めての客だ。ホッとしてカウンターを薦め、オーダーのやりとりをする。橘川のカクテルができたので、新顔の客の相手は町田に任せ、待鳥は橘川にカクテルを出す。ありがとう、と言った橘川が、グラスを口に運んで、言った。

「あの女性ですけどね」

「はい……？」

「この間の晩の、絡み酒の女性」

「あ……、はい、やはり橘川さんになにかご迷惑を……？」

「いや、そうじゃない。あの女性なら、もう二度とここへは来ないと思うので。ビクビクしなくても大丈夫ですよ、鳥さん」

「…、それは……、どういうことでしょう……」

いやな予感がした。女性を力ずくで叩きだしてしまったのだろうかと思った。表情が硬くなってしまった待鳥に気づき、橘川は大丈夫ですよと笑った。

「鳥さんが裏に引っこんでから、女性が町田くんに絡んで、泣き喚《わめ》いて大変だったんです。鳥さんを出せってね」

「ああ……、それは、申し訳ありませんでした……」

「なぜ？　鳥さんが謝ることじゃないでしょう。それでね、テーブルにもお客さんがいたし、町田くんも可哀相《かわいそう》だと思ったので、ハンカチを渡したんです」

橘川はクスクスと笑った。

「そうしたら、うるさいと怒鳴られてしまいました。だから俺は、化粧を直してきたほうがいいと言ったんです。鼻が出ているし、マスカラが溶けて黒い涙になっているし、顔中ドロドロになっていますよって。こんな顔をマスターに見せて、嫌われたでしょうねって教えてさしあげました」

「ああ、それは……」

「彼女、化粧室に飛びこんでいったと思ったら、町田くんに壱万円札を投げつけて、大慌てで帰っていきましたよ」

「そうだったのですか……、町田からは、なにも聞いておりませんで……」

「ああ、お釣りね。チップにしてしまえばいいと言ったんだけど、いけませんでしたか」

「いいえ、それはまた、あのお客様がお見えになった時にお返しするのでいいのですが、…」

「うん。もう来ないと思いますよ。彼女」

「……なぜですか？」

「少しでも羞恥心《しゅうちしん》というものを持ち合わせているのなら、二度と鳥さんに合わせる顔がないでしょうから」

「そ、うですか……」

キツいことを言うな、と待鳥は苦笑した。

「橘川さん」

「うん？」

「あの場を収めてくださって、ありがとうございました。でも、お客様同士で揉め事になっては大変ですから、これからはなにかあっても橘川さんは関《かか》わらず、わたしか町田にお任せください」

「ただの酔っ払いだったら、俺も口は挟みませんでしたよ」

「……」

含みのあることを言う橘川だ。下手に返事をして、また口説かれたらかわすのが面倒だ。そう思い、待鳥が静かに微笑をすると、橘川が笑いを含んだ声で言った。

「鳥さん、女が嫌いでしょう」

「…、そんなことは、ありませんよ。女性でも男性でも、お酒に飲まれてしまったかたのお相手は少し困るだけです」

「強がっても、可愛いだけなんですけどね」

「可愛いですか？」

「ええ、可愛い。あのね……、見てればわかりますよ。鳥さんが女が嫌いなことくらい」

「……」

見ていればわかる……？

待鳥は微笑を強《こわ》ばらせた。そのとおりだ。いや、違う。待鳥は女が苦手なのではない、女が怖いのだ。女性客に対して、なにかおかしなことをしていただろうかと考える。ぎこちなかっただろうか、笑顔が？　所作が？　会話が……？

動揺を隠しきれない待島を見て、橘川はふふふと笑った。

「そういう脆《もろ》いところが本当に。とても可愛いんです」

「脆くは、ないですよ……」

「脆いが気に障るなら、素直なところと言いましょうか」

「からかわないでください」

なんとかそれだけを返したが、動揺が収まらない。この間の今日で、またしても不様なところなど見せられるわけがない。落ち着け、と自分に言い聞かせているところで、新たな来客があった。

「いらっしゃいませ」

にこやかに迎えた待島だが、入ってきた客を見て、内心では、こんな時に、と思った。この間の女性ほどではないが、熱心すぎる待島ファンの女性だったのだ。

「マスター、会いたかったわぁ」

「こんばんは、雨宮《あまみや》さん。お飲み物はいかがなさいますか」

気持ちが落ち着かないまま応対をする。オーダーを貰い、カクテルができあがるまでの間、話相手を務める。

「ねぇマスター」

「はい、なんでしょう」

「マスターって、本当に独身なの？」

「独身のほうがいいとおっしゃっていませんでしたか？」

「そうだけどぉ。そうじゃなくてぇ」

「お待たせいたしました、プレヴューです」

町田が作ったカクテルを、わざわざ待鳥が受け取って、出す。ふつうの客はいやがるし、酒を作ったバーテンダーも面白くないが、待鳥ファンが相手の場合はべつだ。無用に騒がれるのを避けるために、町田から言いだしたグラスリレーなのだ。

橘川がことあるごとに綺麗だ綺麗だと誉める手と所作でグラスを出すと、狙っていた女性がその手を握った。

「ねぇマスター？」

「はい、なんでしょう」

「左手も見せて？」

「はい。これでいいですか」

「ほら、ねー？　どっちの手にも指輪がない」

「カウンターの中で仕事をする者は、みな、指輪はつけませんよ。指と指輪の間に石けんなどが残るといけませんから」

そう言って、左手をすっと下げた。右手は相変わらず、しっとりと女性に握られている。

女性は待鳥の指に指を絡め、口をとがらせて言った。

「それならお店が終わってから指輪をつけるのかなぁ？」

「わたしですか？　いいえ、アクセサリーをつける趣味はございませんので」

「アクセサリーじゃなくてぇ、結婚指輪よ。お家に帰る前につけたりするんじゃない？」

「つけませんよ。指輪も首輪も持っていませんから」

微笑でそう返して女性を笑わせた。

橘川は、ゆっくりとグラスを口に運びながら、女性の相手をする待鳥をそれとなく見ていたが、ふ、と目を細めて笑った。とても作り笑いには見えない綺麗な待鳥スマイルを浮かべ、柔らかな声で受け答えをしている待鳥だが、下ろされた左手がキツく握りしめられている。そうすることで、女性との接触を耐えるように。

(可哀相に、目が怯《おび》えている)

橘川は忍び笑いを洩《も》らした。待鳥は傍《はた》から見ればいつもと変わらぬ清艶な微笑を浮かべているが、目がふだんよりも輝いて見える。瞳孔がわずかに拡大しているのだ——恐怖で。

(女にさわられた時はいつもこうなる)

知人に連れられて初めてこの店に来て、初めて待鳥を見て、一目で夢中になった。自分のために作られた男ではないのかと思うほど、なにもかもが好みだった。綺麗で品のある年上の男。

（でも最初は、口説こうなんて思ってなかった）

橘川はゲイだが、待鳥からは同じ空気を感じなかった。過去にノンケの男を口説き落として、でも結局は無理だと言われて、なにが無理なのかも説明してもらえず、ただ無理だと言われて別れた苦い経験があるから、よけいにノンケの男には慎重になっていた。ここ一年ほど決まった男を作らず、気の合う男がいたら夜だけともに過ごす……、そんなふうに過ごしてきた。

（店に通い始めた頃は、俺も鳥さんファンの一人だったんだ）

足しげく店に通い、日陰に咲く花のような、なぜか哀《かな》しい感じのする美しさをひっそりと愛《め》でた。水割り一つ作れないマスターというのもおかしなものだったが、この店の落ち着いて品のある雰囲気は、待鳥がいるからこそ作られるのだと気づいてからは、酒が作れないことなどどうでもいいことなのだと納得した。

（三十半ばくらいか、やっと輪郭からシャープさが抜けた頃合で、本当に旨そうで、思いきり可愛がりたいと思って……）

そんなスケベな気持ちで待鳥を観賞していたから、気がつけた。女性客にグラスを出す時、本当にわずかだが、警戒するように脇を締めること。綺麗な笑みを浮かべて話相手になってはいても、緊張からか、美しい立ち姿をマネキンのように崩さないこと。そうして今のように、グラスを出した手をうっかりと握られた時は、下ろした左手を握りしめて接触に耐えていること。

気づいてから、確認のためにも観察を重ね、そして確信したのだ。

（鳥さんは女が苦手だ。怖いんだ）

だからといって、男が好きとは限らない。それだけ観察をしてきても、待鳥からはやはり自分と同種類の男だという匂いは感じられなかったし、それどころか性欲があるのだろうかと疑うほど、精力というものが感じられないのだ。まるで花瓶に活けられた花だと思った。

（でもまあ、ありがたいことに俺は男で、鳥さんに苦手とも怖いとも思われないのだから）

断られることは承知でアプローチを続けてきたのだ。まずは食事に誘い、食事に誘い、食事に誘った。案の定、暖簾《のれん》に腕押しで、これはこちらの真意が伝わっていないのだと思い、手を握って食事に誘った。ようやく、おや？　と気づいてくれたのか、橘川に個人的な感情を持ってくれた。困った客、という嬉しくないものだったが、それでも、常連の一人という十把一からげの認識から抜けだせて満足だ。もう三ヵ月もデートに誘い続けているが、のらりくらりとかわされている。はっきりと拒絶をしてくれれば、それはそれで橘川の気持ちに向き合ってくれたこととして、嬉しくも寂しく振られることもできるのに、いつまでたっても「困ったお客」ポジションから進めない。

（これはもう諦めるしかないかと思っていたんだ。それなのに……、あの男）

いつも遅くなる前に店を出ていたから知らなかった。待鳥の男。四十過ぎだろうか。一日で夜の世界の男だとわかる色気があった。ラフな格好をしていたが、身につけているものはどれも上質で、金を持っているだろうことはすぐにわかった。下品になる一歩手前で抑えた服装のセンスから、男女を問わずモテるだろうと想像させた。グラスを口に運んだ手には、結婚指輪と重ねてファッションリングがはまっていた。妻と、子供もいるかもしれない。バイセクシュアルで、待鳥を愛人にしている男。

それが、待鳥の男だ。自分の恋敵だ。

(鳥さんが、男相手でもイケるなら、もう遠慮はしない)

愛人と恋人は違う。愛人なら、待鳥はあの男に愛情も恋情も持ってはいないはずだ。たぶん、金だけの繋《つな》がりだろう。

(もしかして鳥さんは、金に困っているのか？　金のためにあの男の愛人をしている？　いや、そうしたらこの店だって……)

酒の作れない待鳥をマスターに据えるオーナーこそ、ふつうでは考えられない。それこそ愛人に店を持たせたような。

(金か。全部金か、鳥さん？　くそ……、いくらだ)

二千万までなら出せる。それで待鳥を「買える」なら……。

「……」

ククク ッと橘川は低く笑った。そんなことを真剣に考えた自分が笑える。買ってしまったらもう、待鳥を恋人にはできない。今度は自分が新しい愛人に成り下がってしまうだけだ。

「……」

はあ、と溜め息をこぼしてちらりと待鳥に視線を向けた。待鳥はいつもと同じように、綺麗に微笑をして女性の話相手をしている。右手は、相変わらず握られたままだ。恋人握りをされている待鳥は、そろそろ微笑が強ばってきている。適当な理由をつけてカウンターを離れてしまえばいいのに、不器用だな、この仕事には向いていないぞ、と橘川は思った。

(俺に助けを求めてくれれば可愛げがあるのに)

待鳥の本音――女が怖いということは、町田も気づいていないだろう。あの待鳥の男も知っているかどうか。こうして必死になって隠しているのだ。今ここで、待鳥の恐怖をわかってやれるのは橘川だけなのに、それでも助けを求めてこない。

(強情……、なのか、それとも、助けてもらおうと考えつかないのか)

後者だな、と橘川は判断した。あのセクハラ女の時、町田の助け船にやすやすと乗っていたのだ。助けてくれという意思表示もできないほど、女が怖いのだ。

橘川はふっと笑うと、半分ほど中身の残っているグラスを指先で倒した。磨きぬかれたカウンターの上を、女へ向かってツーッと酒が流れていく。

「ああ、失礼、グラスを倒してしまった」

いかにも申し訳なさそうな表情で言った橘川は、狙いどおり、酒が女の肘《ひじ》や腿《もも》にかかると、慌ててスツールを立った。

「本当に申し訳ない、素敵なドレスを汚してしまって」

「あら、平気よ、マスター、おしぼ、…」

「マスター、お絞りを」

女の言葉を横取りして言い、待鳥を逃がす。女が不満そうな声を小さくあげた。町田がお絞りを出してきたが、橘川はそれを受けとらずに女に言った。

「ああ、いや、乾いたハンカチじゃないと駄目だな、化粧室へ行きましょう」

「結構よ、あとでクリーニングに出すもの。いいから放って、…」

「しかしこれでは、まるで粗相をしたように見えますよ」

「粗相って、ちょっとっ、いやだ、なに言うのっ」

「本当にすみません、早くなんとかしましょう。車を呼びます」

「車って、あたし帰るなんて、…」

「そのドレスであなたを電車に乗せるなんて、そんな恥ずかしい思いをさせるわけにはいきません」

「……っ」

粗相という言葉が利いている。顔を赤くした女を見てわずかに口端を上げた橘川は、携帯端末で車を呼んだ。

「神楽坂の『Bird's Bar』まで一台、至急お願いします。……ええ、それは気にしないので、とにかく早く……、はい、よろしく」

通話を終えて、橘川は真摯《しんし》な表情で女に言った。

「五分ほどで車が来ます。どうぞこちらへ。……ああ本当にひどい、漏らしたみたいに……」

「いやだ、どうしよう…」

「俺が後ろに立ちます、そうすれば見えません、さあ、行きましょう。もちろんクリーニング代はお支払いします、完全に俺が悪いんですから。本当に申し訳ありません」

橘川は女性の後ろに立って背中を押した。エスコートをするように見えて、実は有無を言わさず追いだしている。店を出ると車はすでに待機していて、橘川は女を後部座席に押しこむと改めて詫びを言い、ドライバーに車代、女にはクリーニング代を渡して、速やかに店から遠ざけた。

「…さて。鳥さんは落ち着いたかな……」

そっと店内に戻る。橘川に気づいた待鳥は会釈をくれると、女が戻ってこないことを認めてから、グラスを片づけ始めた。橘川がスツールに腰を下ろしたところで、待鳥が微笑を浮かべて言った。

「お飲みもの、申し訳ございませんでした。お代わりをおごらせてください。なになさいますか」

「お礼のつもりならいりませんよ。助けてくれと鳥さんに頼まれたわけでもないんだしね」

「橘川さん、わたしはそんな、……」

「とにかく、鳥さんが気にすることじゃありません。鳥さんに貸しを作りたくて、俺が勝手にやったことですから」

「……」

わかるでしょう？　という気持ちを籠《こ》めて待鳥を見つめると、待鳥は思ったとおり、困惑をあらわにした。この人は本当に真面目だなぁと橘川は思った。

（三十も半分過ぎているだろうに、子供のように真面目で、隙だらけで、おまけに脆い）

本人はそんなこと、自覚もしていないだろうが、ともかく待鳥にはフォローして、守ってやる男が必要だ。そしてその男は、あいつ……、待鳥を愛人にしているあいつでなくともいいはずだ。

橘川は、カウンターを見つめていた視線を上げ、待鳥に微笑で言った。

「鳥さん。今から食事に行きませんか」

「申し訳ございません、仕事中ですから」

「うん。そう言うと思った」

橘川は低く笑い、ちらりと時刻を確認した。

「それなら、店を閉めてから行きましょう。もうラストオーダーでしょう?」

「ええ。橘川さん、ラストオーダーはどうなさいますか?」

「のらりくらり、つれませんね。それなら一杯、付き合ってください。リキュール系なら甘いし、飲めるでしょう?」

「…、はい、ご馳走になります」

「よかった。町田くん、俺にはブランデー・フィックス。ストローじゃなくてマドラーにして。それから鳥さんには、アルバーティン」

かしこまりました、と町田が言う。待鳥はちょっととまどった。人気のあるカクテルと、客には薦められない強いカクテルは頭に入っているが、まだまだ勉強中の身だ。橘川がオーダーしたアルバーティンがどんな酒なのか、実は知らない。しかし飾りとはいえオーナーを名乗っている以上、知らないなどとは言えない。営業スマイルを浮かべて橘川のグラスを片づけ、カウンターを綺麗にするうちに、カクテルができあがる。町田がブランデー・フィックスをすべらせてきた。

「マスター、橘川さんに」

「はい。……お待たせしました、ブランデー・フィックスです」

うん、と答えて一口飲んだ橘川は、あれ、という表情で町田を見た。

「マーテル使ってるの」

「ええ、ウチはそうです。おっしゃっていただければ、レミーでもフラパンでもお作りします。作り直しましょうか」

「いや、とんでもない。とてもおいしい。気に入りが増えたよ」

「ありがとうございます」

嬉しそうに笑った町田は、マスター、と声をかけて待鳥にグラスを渡した。

「アルバーティンです」

「ああ、ありがとう」

「気をつけて」

「うん？　ああ、うん」

町田は言葉だけではなく、眼差しでも注意を訴えてくる。なにを気をつけるのだろう、こぼさないようにか？　などと子供のようなことを考えながら、品よく橘川にグラスを掲げた。

「橘川さん、いただきます」

「どうぞ。口に合うといいけどな」

ふふふっと橘川が笑う。待鳥は半透明の白い水色が美しいカクテルをちょっと眺めてから、そっと一口含んだ。

（…旨い）

待鳥はわずかに目を見開いた。チェリーとオレンジの風味がふわっと広がり、それを包むように蜂蜜《はちみつ》の香りが鼻をくすぐる。口当たりがよくさっぱりとしていて、食前酒だろうかと思った。へえ、と思いながらもう一口飲むと、橘川が低く笑って尋ねてきた。

「旨いですか」

「ええ。素晴らしくおいしいです。果物の風味と蜂蜜の香りがなんとも絶妙で」

「よかった。鳥さんの酒の好みがわからないから、癖のないものをと思って」

「ありがとうございます。おいしくご馳走になります」

無邪気といっていいほどほがらかに笑う待鳥に、町田は溜め息をこぼした。待鳥が、なんだ？　と思いながらもう一口飲んだ時だ。

「……ぁ……」

前触れもなく、グラッとめまいがした。カシャ、とやや乱暴にグラスを置いたと同時に、膝《ひざ》から力が抜けそうになった。倒れる、と焦り、作業台に手をついてなんとか持ちこえた。心臓がものすごい速さで鼓動を刻んでいる。空きっ腹に飲んだということもあるだろうが、そもそもこれは、アルコール度数が高いのだと今さら気づいた。町田の注意の意味も。橘川がこらえきれないというふうに、低く笑う。やってくれたな、どういうつもりだ、と思いながら待鳥は橘川を軽く睨んだ。

「あまり、オジサンをからかわないでくださいよ」

「自分のことをオジサンと言うなんて。もしかして、年上アピールですか」

「アピールもなにも、本当のことですよ。わたしは立派なオジサンです」

「ふぅん？　でもそれって、弱みを見せているようなものですよ。グラス、空けてしまったら？」

「……」

待鳥は思わずムッとした表情をしてしまった。オジサンであることが弱みとは、どういう意味だ。橘川はいつも予想しないことを言って待鳥をとまどわせる。なにを考えているのかわからない人間は苦手だ。そう思いながら、待鳥は意地でグラスを空にした。橘川にクスクスと笑われながら仕事を続けようとしたが、アルコールがどんどん回り、めまい、動悸に加え、呼吸まで苦しくなってきた。

（これは駄目だ……）

もうどうやってもなんでもない素振りができない。作業台に手をついてなんとか立っていると、町田がさっと片づけを代わってくれた。ありがとう、と小声で言った待鳥に、不調にさせた原因の橘川は、どうも楽しそうに笑って言うのだ。

「すみません、鳥さんがそんなに酒に弱いとは思わなかった」

「……空腹、だったものですから……」

もう営業スマイルも浮かべられない。橘川はククッと笑うと、町田にグラスを返しながら言った。

「町田くん、もう閉店だろう？　マスターを酔わせてしまったのは俺だし、責任を持って自宅まで送っていくよ」

待鳥は、結構です、と答えたかったが、世界がぐるぐる回っていて声も出せない。町田が答える声を遠くに聞いた。

「あ、いえ、そこまでしたいただくことは……」

「でも鳥さん、自力で立っていられないみたいだし」

「あー……」

待鳥自身はわかっていないが、作業台に手をついていても、グラグラと体が揺れてしまっている。町田は、マスターもいい歳なんだから、喰《く》われたら喰われたで自己責任だよな、この仕事してれば覚悟もあるだろうし、と極めてドライなことを思い、橘川に笑顔で言った。

「じゃあ、お願いします。これじゃマスター、店に泊まって風邪《かぜ》ひきそうですしね。……マスター、店は俺が閉めますから、もう帰っていいですよ」

「いや……、いや、平気……、少し、裏で休めば……」

「あ、危ないっ」

バックヤードへ向かおうとした待鳥だが、思いきりよろめいて、危うくバックボードに激突しそうになった。とっさに町田が体を支え、そのまま裏へ連れていく。フラフラというかグニャグニャの待鳥を椅子に座らせ、水のボトルを開けて手に持たせた。

「マスター、水です、飲んでください。持てますか?」

「うん……、ごめん……」

「いえ、俺もスプモーニ作ればよかったですね。見た目じゃわかんないだろうし……」

「いや……、お金を、いただくのに……、嘘は、いかん……」

　とぎれとぎれに話す待鳥の体は、座っていてもグラグラ揺れている。これはマジで駄目だと町田は思った。

「とにかく、水飲んで、ここにいてください。俺、店閉めてきますから」

「うん……」

　がっくりと首を折って、待鳥は小声で答えた。

　気分は悪くないが、とにかく目が回る。少し落ち着くまでここで横になっていようかと考えた。これでは帰るどころか、店を出たらその場で倒れそうだ。アルバーティンか、くそう、アルバーティン、もう二度と飲まないぞ、と忌ま忌ましく思っていた時だ。ふわりと外の風が入ってきた。誰か来た、業者じゃないし、並木か? そう思いながらのろのろと顔を上げた待鳥は、橘川が立っていたので、朦朧《もうろう》としながら驚いた。

「橘川、さん…? どうして……」

「町田くんから、鳥さんがグダグダだって聞いて。送りますよ。タクシー、呼びましたから」

「いや、お客様に、そこまで、してもらうわけには……」

「客ね。……あの男には送らせているくせに」

「……男……？」

「鳥さんがカクテルを作ってやる、あの男ですよ」

「……ああ……、彼は、違う……、ただの、客じゃ……」

「ええ、ただの客じゃないでしょう。説明はあとで聞かせてもらいます。さあ、俺に摑まって」

「いい、橘川さん……」

「立てませんか？　仕方がないな」

「……ああ……」

橘川は待鳥の腕を自分の肩に回すと、腰を抱えて椅子から立たせた。そのまま、裏口を出る。足取りの覚束《おぼつか》ない待鳥を、待たせていたタクシーのシートに押しこみ、橘川も隣に座った。

「鳥さん、自宅は？　どこ？　わかりますか、タクシーです。行き先を言わないと、ドライバーが困る」

「ううん……」

言いたくはない。自宅を教えたくない。しかしタクシーにまで乗せられ、自力で降りることもできないのなら、もう送ってもらうしかない。待鳥は諦めて、自宅住所を告げた。

先ほど町田に渡された水をゆっくりと飲むうちに、めまいが治まってきた。呼吸も楽になったし、まだ少し心臓はドキドキしているが、すぐに治まるだろうと思った。ちらりと横目で橘川を窺《うかが》うと、タクシーの中だというのに携帯端末を操作している。仕事だろうか、熱心だな、と思っていると、待鳥の視線に気づいたのか、端末を見つめたまま橘川がふふっと笑った。

「気分はよくなりましたか」

「ええ、だいぶ。申し訳ありません、こんなご迷惑を……」

「迷惑とは思っていません。言ったでしょう、貸しを作ったって。だから、返してくださいね」

「それはもちろん、お返しします……、…っ!?」

待鳥は、橘川の取った行動に、危うく声をあげそうになるほど仰天した。橘川が待鳥の股《こ》間《かん》に、するりと手を伸ばしたのだ。

「橘川さん、…」

「見て、鳥さん」

「な、なに…っ」

橘川がいじっていた端末を見せられる。メール画面になっていて、そこにはこう入力されていた。

『騒がないほうがいいですよ。いい歳をした大人がガキにいたずらされているなんて、ドライバーに知られたくないでしょう』

「……っ」

思わず橘川の顔を見た待鳥に、橘川はふふっと笑い、ひっそりと、しかしいやらしく股間を愛撫《あいぶ》し始めた。

「橘川さん…っ」

「無視をしていればいいんです」

「む、無視って…っ」

「だって鳥さん、その気がないんでしょう？　だったら無視すればいい。それが一番、丸く収まる」

「……っ」

「運転手さん、どれくらいで着きますか」

待鳥のものを硬くすることが目的だとわかる手つきでそこをいじりながら、しれっと橘川はドライバーに尋ねる。ドライバーの注意がこちらに向いて、いよいよ待鳥は動けなくなった。こんないたずらをされているなんて、みっともなくて恥ずかしくて、絶対に知られたくない。シートの縁をぎゅっと握り、思わず寝た振りをしてしまった。ドライバーが愛想よく答えた。

「そうですねぇ、深夜ですから渋滞もないし、二十分ほどで着くと思いますよ」

「ありがとう。……鳥さん、二十分ですって。ああ、寝てしまいましたか」

ククク、と橘川は笑った。もちろん狸《たぬき》寝入りだとわかっている。その証拠に、片手に持った端末を見る振りをしながら、もう片手で待鳥のそこを、スラックスの上からこするのだ。こすり、揉《も》み、撫でる――。たいていの男は物理的な刺激を受ければ勃《ぼっ》起《き》する。加えて待鳥は異様な状況……、タクシーの中で若造にさわられ、意に反して硬くしてしまい、それを知られたら困るという焦りと羞恥で、思いがけず興奮し、ますますそこを充血させてしまった。

呼吸が荒くなるのをこらえるので精一杯だ。

三本の指が硬くなったそこを撫で下ろしたと思うや、ふいに先の部分を搾るようにつままれた。

「……ッ」

かろうじて声はこらえたが、体がビクッと跳ねることは止められなかった。ドライバーに気づかれたのではないかと、それが気になって待鳥は全身を熱くしてしまった。寝た振りもできずに橘川に顔を向けると、橘川は相変わらず端末を見ながら、待鳥を愛撫する手は止めずに、憎らしいほど優しい声で言った。

「あと十分くらいかかるでしょうから、寝てていいですよ。着いたら起こします」

十分……。あと十分も、このいやらしい指に耐えられるだろうか。やめてくれと、すがるような目を橘川にあてたが、橘川は微笑をすると言うのだ。

「大丈夫。ちゃんと起こすから」

「……っ」

やめるつもりはないのだ。待鳥は、起きたついでに体勢を変えて逃げようとしたが、駄目だと叱《しか》るように強くそこを握りこまれ、息を詰めて動きを止めた。どうしようもなくて、寝た振りを続ける。橘川の忍び笑いが耳をかすめた。体中が熱い。汗がにじんでいる。下着の中のそこも、もう濡《ぬ》れてしまっているかもしれない……。橘川の指は相変わらず卑猥《ひわい》に動いているが、決して待鳥を追い上げることはしない。シチューでも作っているように、弱火でコトコト待鳥を煮詰めているようだ。

（……う……、くそ……）

腰を振ってしまいそうで自分が怖い。もっと強くこすってくれ、もういかせてくれと口走りそうだ。唇を嚙んでこらえたところで、ドライバーの声がした。

「ここでいいですかね？　車寄せまで入ると、メーター上がっちゃいそうですけど、どうします？」

「そうだな……」

答えた橘川は待鳥に顔を向けると、最後にそこを撫で上げるようにして手を離し、言った。

「鳥さん、起きてください」

「…、ああ……」

「ここでいいですか？　車寄せまで行ってもらいますか？」

「あ……」

アプローチからエントランスまで、そこそこの距離がある。きちんと歩けるだろうかと迷っていると、ふふふと笑った橘川がドライバーに答えた。

「車寄せまでお願いします。どうもこの人、一人では歩けないようだから」

はい、と答えたドライバーが車を動かす。他人事のように言って、誰のせいでこうなったんだと待鳥が苛立つと、すぐにエントランス前に到着した。橘川は運賃を支払うと、待鳥が車から降りるのに手を貸した。

「鳥さん、おぶいましょうか」

「いい……、橘川さんは、もう帰ってください……」

「真っすぐ歩けないくせに、強がらないで。部屋まで連れていきますよ」

「……いやだ……、部屋は……」

「もう少し客観的に自分の状態を把握したほうがいいですよ。問題は硬くしていることじゃなく、足がふるえて立てないというところです。ここに座りこんで、帰ってきたほかの住人に警察を呼ばれたいですか」

「……っ」

「わかったら、おとなしく部屋番号を教えて」

「……903」

「はい、了解」

橘川はクスクスと笑い、抱えた待鳥にエントランスのオートロックを解除させてエレベーターに乗りこんだ。

九階に到着し、カーペットの敷かれた内廊下を、903号室の前まで待鳥を運んだ。

「鳥さん、鍵は？　勝手にバッグを持ってきたけど、その中？」

「鞄《かばん》の、内ポケットに……」

「はいはい。……はい、鍵。開けられますか？」

「ああ、大丈夫……、申し訳なかった、ここまで送らせて……。もう、帰ってくれて、いいですから……」

「そうですか？　じゃ」

橘川のせいで歩けなくなったというのに、待鳥はどこまでも人が好《い》い。橘川はククッと笑って鞄を手渡すと、待鳥が玄関のロックを解除するのを待った。オーク材のように加工されたアルミ製のドアが開くや、橘川は素早く動き、待鳥を抱えるようにして、ドアの内側に押し入った。

「橘川さん…っ」

驚きと怒りで、待鳥は橘川を睨んだ。自動で点灯する玄関ホールの明かりに照らされた橘川の顔には、ひどく質《たち》の悪い微笑が浮かんでいる。これはまずい、と思った時には、壁に背中と両手を押さえこまれ、唇を奪われていた。

「…っ、……っ！」

傍若無人に舌が侵入してくる。噛みついてやろうとしたが、脅すように、まだ硬く張り詰めているそこに強く腰を押しつけられて、抵抗ができなくなる。橘川は押しつけた腰を卑猥に動かし、待鳥の燻《くすぶ》りを瞬く間に燃え上がらせた。

「…ぅん、ん……」

待鳥が経験したこともない、恐ろしく濃厚な口づけだった。逃げる舌を搦め捕られ、歯列の裏を、頬を、上顎《うわあご》を、味わいつくすように舐《な》められる。巧みに唾液腺《だえきせん》を刺激され、あふれてくる唾液を飲みこもうとして橘川の舌も吸ってしまい、喉で笑われて羞恥に身を焦がした。押しつけられた腰でこねられる股間も、もう痛いほどに張り詰めている。内腿が細かく痙攣してきた。押さえつけられていた手を放してもらったが、しゃがみこんでしまいそうで、思わず橘川にすがってしまった。橘川は、息継ぎも許さないキスを続けながら、待鳥のベルトを緩めた。

「…っん、うん…っ」

手馴れている。すぐに前が広げられ、橘川の熱い手が、もっと熱い待鳥自身を包んだ。

「ふ、ん…っ、んん……っ」

他人の手がそこにふれるのは何年ぶりだろう。自分のそこがこんなにも熱く滾《たぎ》るのも何年ぶりだろう。感じてたまらない。今すぐにでもいってしまいそうだ。橘川が手を動かすたびに、淫猥《いんわい》な濡れた音がする。どれだけみっともないことになっているかと、快楽で朦朧とした頭で待鳥は思った。

「…、鳥さん……」

「ん、あ……」

ふいに口づけをほどいた橘川が、耳朶《みみたぶ》を食《は》むようにして囁《ささや》いた。腰がふるえるほど感じた待鳥は、橘川にすがりついたまま言った。

「もう、やめてくれ…っ、出る……っ」

「どうぞ。鳥さんのいく顔が見たい……」

「こ…、こんなところでっ、出せるか……っ」

「……本当に。欲望よりあとの始末を考えてしまうところがね。年上の男の魅力です」

「な、なにを言って……、橘川さん…っ⁉」

「ここじゃいけないんでしょう？　だからいけるところへ運びます」

クスクスと笑った橘川は、半分腰が砕けている待鳥をやすやすと抱え、迷うことなく寝室へ運びこんだ。手探りでスイッチを押すと、天井の四隅に埋められた間接照明が灯《とも》った。大人の遊びをするにはちょうどよい明るさだ。橘川は待鳥をひょいと抱きあげた。

「橘川…っ」

「ワイドダブルはあるだろうと思っていましたが、キングですか。３Ｐでも余裕ですね」

「これはっ、備えつけでっ、…うっ」

ベッドに転がされ、さすがにどういうことになるのか察した待鳥は逃げようとしたが、橘川に手早くスラックスと下着を剝《は》がれてしまった。橘川も上着を脱ぎ捨て、ネクタイを緩めながら、目を細めて言った。

「やっぱり、いい大人がシャツ一枚でそこ立ててる姿って、燃えますすよね」

「……っ」

恥ずかしいことを言われて、とっさにシャツの裾《すそ》で股間を隠したが、それではますます恥ずかしい様になると気づいて、大いにうろたえた。とにかく逃げようとしたが、ベッドから降りる前に橘川に捕まり、膝を割られてのしかかられてしまった。

「き、橘川さん……っ、こういう、ことはっ、やめてくれないか…っ」

「操立てする男なんかいないでしょう？」

「いないに、決まってるっ、そういうことじゃなくっ、僕は男とこんなことを、い…っ」

シャツの上から正確に乳首を噛まれて、痛みに待鳥は身を竦ませた。さらにキリッと歯を立てられ、やめてくれと情けない声で待鳥が言うと、橘川はふふっと笑って体を起こした。

「ひどいことはしたくないんです。ただあなたを可愛がりたい。ですから、おとなしくしていてください」

「待て、橘川さん、ちょっと待ってくれっ」

「鳥さん、暴れないでくださいよ。優しくしたいのに」

「な、なぜ、手を縛る…っ、すでに、優しくないぞ…っ」

「優しいでしょう？　ひとまずの言い訳を、あなたにあげるんだから」

「外せ…っ、くそ……っ」

橘川のネクタイで両腕を括《くく》られてしまった。殴って逃げよう。そう思ったが、ぴったりと手首を合わせて縛られた腕は、恐ろしいことに思うように動かせない。今さら激しく動揺すると、待鳥のシャツのボタンを外しながら、橘川はふふっと笑った。

「少し萎《な》えちゃいましたね。さすがにオジサンは、冷めるのが早い」

「……っ」

ひどく馬鹿にされた気がして、待鳥の頬が屈辱で赤くなる。橘川はすっかりとはだけた待鳥の胸を撫で、うっとりしたような吐息をこぼした。

「想像どおりの旨そうな体ですね……、ほどよく張りがなくなって、柔らかくて……」

「き、きみっ、きみは……っ」

「ええ。年上の男が好きなんです。正確に言うなら、年上の男を可愛がるのが。ここはもう開発ずみですか？」

「馬鹿を言うなっ、お、男の胸なんか、いじるな…っ」

「へえ。まだなんだ。じゃあ俺が教えてしまったら、あとで問題になりそうですね。ますます気合いが入ってきました」

「なんの、気合い…、…っ、う…っ」

体を重ねてきた橘川が、口と指で待鳥の両の胸を愛撫し始めた。同時に萎えかけている待鳥のそこを、少し手荒くこすり立てた。立たせることが目的だとわかる乱暴さだったが、わかっていても待鳥のそこは再び硬くなる。またしても消えかかっていた火を煽《あお》られて、待鳥は妖しく身をよじらせた。ビク、と足が跳ねる。ああ出る、と奥歯を噛みしめたところで、ふと橘川が愛撫の手を止めてしまった。

「…っは……あ……」

「いきたかったですよね、ごめんなさい。でもこのほうが調教しやすいので」

「ち、調教…て、まさか……」

「ああ、心配しないで。俺、Ｓっ気はありますけどＳじゃないですから」

「な、なに、する……」

「開発ですよ。鳥さんの可愛い乳首の」

「よせ、もうよせ…っ」

橘川は待鳥の体を起こすと、待鳥の背後に回って、ぴたりと抱き寄せた。足を絡ませ待鳥の股《また》を大きく広げる。う、と息を呑《の》んだ待鳥に、低く笑って橘川は言った。

「恥ずかしいですよねぇ。いい大人が、大股開かれて」

「……っ」

「ほら、乳首だってこんなにしこって。すぐにここ、気持ちよくなりますよ」

「ば、馬鹿なことを…っ」

「本当です。手は抜かずに、可愛がるから」

「いいからっ、やめろっ、…うぅっ」

背中から回された手で乳首をいじられる。つままれ、こねられ、上下左右に弾《はじ》かれる。快感など湧《わ》くはずもなく、それどころかしばらくすると痛みを覚えた。不自由な腕をちぢこめて身をよじると、橘川が小さく笑った。

「痛いですか？」

「もう、やめてくれ……」

「今、これが痛いんですね？」

「だから、やめてくれっ」

「これも痛いでしょう。鳥さんの反応でわかる」

「わかるなら、…」

「だけど、これは……、悦《い》いでしょう」

「……っ」

指でつままれ、小さくひねられるのは痛い。左右に弾かれるのも痛い。だが、硬くとがったところを指の腹でコリコリと回されたら、背筋に寒けが走り抜けるほど感じてしまった。声さえ抑えたものの、ビクッと揺れた体で橘川にそれを教えてしまった。橘川はじっくりと待鳥の乳首を責めながら、ほら、と低く囁いた。

「鳥さんが恥ずかしげもなく晒《さら》してる、カチカチの勃起から、汁が垂れてきましたよ」

「……っ」

「乳首が感じるようになって、よかったですね。これでセックスの時、楽しみが増える」

「僕、はっ、誰とも…っ、ん、ん…っ」

「プライベートでは僕っていうんだ。可愛いな……。ついでに俺のことも、橘川さんではなく、橘川くんと呼んでくれませんか？　鳥さんの年上感が増すでしょう？　ねえ、言ってください。言ってくれないと……」

「い、痛い…っ、やめろ…っ」

キリ、と爪を立てられて待鳥は情けなく首を振って答えた。

「き、橘川、くん…っ、やめてくれ…っ」

「ああ、いいですね。ご褒美をあげちゃおうかな」

「あ、あ……ああ……」

橘川の片手がするりと下に伸び、濡れて、いやらしく光っている待鳥の硬さに指を絡めた。いかせる気は毛頭ないとわかる怠惰な指使いで待鳥をいじる。

「う、う…う……っ」

重たい熱が腹の奥に溜まり、待鳥は無意識に膝を閉じようとした。だが、橘川に足を使って股を開かれていては、それもできない。感じてたまらなかった。胸も、前も。血液が煮えているように体が熱い。あちこちが意志とは関係なく痙攣する。こんな快楽を待鳥は知らない。

「気持ちいいんだ、鳥さん？　どんどん濡れてきますよ」

「う、う…っ」

「恥ずかしくないんですか？　三十半ば過ぎの男が、大股開いて乳首をいじられて、こんなに濡らして」

「……っ」

「自分のことをオジサンと言うわりに、だらしのない体をしてますよね。我慢とかできないの？　大人なんでしょう？」

「ん、う、うっ」

「言ったそばからまたトロッと濡らした。俺に見られてるっていうのに、鳥さんには羞恥心てものがないんですか」

「く、う……っ」

橘川の言葉はもっともで、もっともなだけに待鳥を傷つけた。もうプライドなんかないと思っていたはずなのに、橘川の言葉はわずかに残っていたらしいプライドを、容赦なく切りつけるのだ。そうして待鳥は、湧き上がる快楽に身をふるわせた。こんなふうに辱められて、感じているのだ。

「あ、あ、橘川、くん……、もう……」

「なんですか」

「出したい……、頼む……」

「駄目だなぁ。鳥さんはおねだりの仕方も知らないんですか？　何年生きてるの」

「ああ、あ、橘川くん、橘川、くん…っ」

「ふうん？　そうやって腰を振るのが鳥さんのおねだりの仕方？　大の男がやるようなことじゃないけど」

「ふ、振って、な、あ…っ」

「いいじゃないですか。鳥さんなら可愛い。覚えておきます。鳥さんはいかせてほしくなったら腰を振る。精液溜まりまくりのガキみたいにね」

「うぅ、く…うっ」

「もう止まらなくなってるじゃないですか、腰。いかせてあげるから、鳥さん、見て。俺の手で鳥さんが飛ばすところ」

「……っ」

「いやいやじゃなくて。見ないなら尿道口、責めちゃいますよ。してもらったことありますか？　初めてなら、鳥さん、泣いちゃうだろうな。……いや？　それなら、見て。ほら」

「……」

待鳥はふるえる息を洩らして自分の屹立《きつりつ》に目を落とした。橘川が笑った気配で待鳥のそこをしごく。ヌルい刺激からいきなり強烈な快感を与えられて、待鳥の口から甘い声がこぼれた。ちゃんと見てて、見ないとやめちゃいますよ、と囁かれ、涙をにじませて自分自身を見る。脈打つそこは橘川の手でこすられ、だらしなく蜜《みつ》を垂らし、さらに膨張し……。

「…っああっあっ」

ガクガク、と体がふるえると同時に、思いがけず勢いよく白いものを飛ばした。

「…っ、はあ、あ…」

待鳥は橘川の胸にぐにゃりともたれた。快楽を伴う射精など、実に十年以上、していなかった。久しぶりの、そして強烈な快感に頭が朦朧とする。可愛いな、という橘川の囁きも耳を素通りした。橘川は待鳥を胸に抱いたまま、足元に放ってあるバッグを引き寄せ、中を探った。呼吸を整えながらぼんやりとそれを見ていた待鳥は、橘川がバッグから取りだした手のひらサイズのチューブを見て、かすれた声で尋ねた。

「それは……、なんだ……」

「ワセリンです。医薬品に分類される、質のいいものを使ってますから、安心してください」

「……へえ……」

他人事のように呟いた。なぜ今、手荒れのケアをするのかわからなかったが、そんなことは橘川の勝手だと思った。だが、橘川が指先にたっぷりと取った軟膏《なんこう》を待鳥の後ろに塗りつけてきたことで、血の気が引くほど仰天した。

「き、橘川くんっ、なにをする気だっ」

「わかってて質問するのは、煽り方としては下品ですよ」

「違うっ、待ってくれ、僕は本当に、あぁんっ」

……とんでもない声が出てしまった。橘川が爪の先で待鳥の後ろをカリッと掻《か》いたのだ。快感とは言いきれない、鋭い刺激だった。橘川に執拗《しつよう》にカリカリと掻かれ、待鳥は橘川の胸の中で仰《の》け反《ぞ》り、いいように声をあげさせられた。

「あっあっ、もうっ、やめてくれっ」

「優しく撫でてほしいですか？」

「ああっあっ」

「言わないとやめませんよ。キツいでしょう、これ」

「ああっあっ、…な、撫でて、くれ…っ」

「はい。鳥さんのいいようにします」

クックッと笑った橘川が、今度は優しくすぼまりを押し撫でた。引っ掻かれるほどではないが、それでもじっとしていられないほど感じる。恥ずかしいくらい甘えた声をこぼしながら身もだえていると、恐れていたことが起きた。指を挿入されたのだ。

「ああっ、橘川くん、それはいやだ…っ」

「まだキツい？　もしかしてご無沙汰なんですか？　後ろ、かなり硬いけど」

「なに、を、言ってる…っ、僕は、う、ああっ」

「心配しないで。それならそれで、ちゃんと馴らしますから」

「あ、あっ、揺する、な…っ」

待鳥にとっては想像を絶する行為だ。驚きと同時に、後ろの穴をいじくられて性的な快感を覚える自分にショックを受けた。指を揺すられ、ゆっくりと出し入れされることが、悦いのだ。じっくりと時間をかけていじくられ、あえぎ、もだえるうちに、指三本分も拡張されてしまった。待鳥は初めて味わう異様とも言える快感に、涙をこぼしてうめいた。

「き、つかわ、くん……、頼む、もう、抜いてくれ……」

「気持ちいいのに？　鳥さん、半立ちになってますよ」

「うう……」

「鳥さん、中は？　中で感じる人ですか？」

「な、中……？」

「どこかな……」

「そん、な、動かすな…っ、うぅっ」

「ああ、ここだ。……ここ、悦い？」

「い、いわけ、ない…っ、変な感じ、するから、やめろ…っ」

「へえ」

　橘川はしつこく待鳥の中のしこりをいじめながら、驚いたように目を見開いた。

「乳首だけじゃなく、こっちも未開発なんですか？　鳥さん、ちゃんと可愛がってもらってる？」

「き、きみは、なにを、言ってる…、そこ、やめてくれ…っ」

「痛くないなら見込みがあるということです」

「とにかく、抜け……っ」

　なんの見込みだか見当もつかない。やめてほしくて指を締めつけてみたが、ふふふと楽しそうに笑われただけだった。何度も、抜け、抜いてくれ、頼む、と懇願していた待鳥は、自分でも驚くほど突然、悲鳴をあげた。

「ああ、あぁっ」

「うん？　キたかな？」

クラッと視界がぶれるほどの快感に襲われた。全身が粟立《あわだ》つほど強烈な快感だ。腹とも腰ともつかない体の深いところが痺《しび》れるような感じがして、おまけに……。

「やめ、やめろっ、あぁぁっ、漏れる、漏れる…っ」

「というか、もう漏らしてますよ。可愛いな、こんなビシャビシャにして、本当にお漏らししているみたいだ」

「あっあっ、ヒッ、イイィィ……ッ」

半ばまで頭をもたげた待鳥のそこから、半透明の白いものがダラダラとあふれて落ちた。失禁しているのか射精しているのか待鳥にはわからない。ただもう本当に頭が真っ白になるほどの快感で、悲鳴をあげていることすら気づいていなかった。

仰け反ったまま細かく体を痙攣させていた待鳥が、失神したのかと思うほど急にぐにゃりとする。橘川は目を細めて待鳥の後ろから指を抜いた。

「鳥さん……、鳥さん、大丈夫ですか？」

「あ……、あ……」

頭の中が痺れている感じがして、うまく話すことができない。体も時折ビクリと痙攣をする。まるで酔っているように、ふわふわとした気持ちだ。力の入らない体を橘川がそっとベッドに横にしてくれた。手首の縛《いまし》めもやっとほどいてくれる。待鳥の髪を優しく梳《す》きながら、橘川は幸せそうに言った。

「夢見心地って顔ですね。本当に可愛いな。初めてなのにドライでいってくれて、感激です」

「……」

「こんなに中が感じる人なのに……、今の男は全然可愛がってくれないんですか？　甘やかしてそうに見えたけどな。後ろもしばらく使っていないみたいだったし、ちゃんと抱いてもらってないんですか、可哀相に……。俺なら本当に大事に可愛がるのに」

「……ん……、橘川、くん……？」

「ああ、戻ってきましたね」

待鳥は未だに自分の体になにが起きたのか理解していない。あんなに長い時間、あんなに強烈な絶頂感を味わったのは初めてのことだし、だいたいあれがいったのかどうかもわからない。まだ下腹で欲望がくすぶっているように、ジンジンとする。無意識にそこへ手を伸ばすと、橘川が笑ってその手を摑んだ。

「俺がしますから。鳥さんはなんでも俺にねだればいい。本当に可愛がりたいんです」

「橘川くん、きみ……、僕に、なにをした……？」

「秘密を一つ、暴きました。それからたぶん、俺しか知らない顔も見せてもらった」

「……っ」

待鳥が赤面する。橘川はふふふっと笑うと、そんな待鳥にのしかかり、足を抱えた。

「き、橘川くんっ⁉」

「もう平気でしょう？　後ろ、たっぷりほぐしましたよ」

「ま、待て、きみ、なにを…っ」

尻の肉を摑まれて左右に開かれると、後ろがパクッと口を開けた。自分の体がそんなふうに変わってしまったことに愕然《がくぜん》とし、さらにはそこへ橘川の熱塊を押しつけられて、待鳥は軽いパニックに陥った。

「待て、待ってくれ、なにする気だっ」

「鳥さん、ここまできたらもういいでしょう？　大人なんだし、そんなバージンの小娘みたいにもったいつけなくても、…」

「きみはなにか勘違いをしているっ、僕は男とこんなことをしたことはないっ」

「そんなこと言って」

「待て、待ってくれっ、そこまでしたら、冗談にならないぞっ」

「冗談にするつもりなんか、端《はな》からありませんよ」

フンと鼻で笑った橘川が腰を押しつけてくる。わずかに先端が体内に入ったことを感じ、待鳥は顔色を変えて抵抗した。

「やめろ……、駄目っ、駄目だ、無理だっ。頼む、勘弁してくれよ…っ、男とは、無理だっ」

「さんざん抱かれてきたんでしょう？　なにが無理なんだ」

橘川は少し怒ったふうに言った。

「あの男、鳥さんの愛人でしょうが。俺、見ましたよ。店がひけたあと、あなたがあの男と一緒に帰るところ」

「お、男⁉　な、並木さんか⁉　それなら違う、彼は違うっ、やめてくれ本当に、は、入りそうだ…っ」

待鳥は半泣きになって懇願した。恥とか外聞とか、そんなことを気にしていたら本当に犯されてしまう。橘川の胸に腕を突っ張ってとにかくなんとか逃げようとした。

橘川は、べそまでかいている待鳥を見下ろして、これはもしかして、バージンというのは本当だろうか、と思った。抱えていた待鳥の足を下ろし、それでも逃がさないように腰を摑んで尋ねた。

「鳥さん、本当に、男の経験、ないんですか？」

「ないって言っているじゃないか…っ、だいたい僕はっ、結婚していたんだ…っ」

「けっ…こん…？」

橘川は限界まで目を見開いた。ありえない、と思った。あんなに女を怖がる待鳥が結婚など……。

（……ああ、結婚していた、か。過去形か。破綻したわけだ。なにがあったのかはまだ聞けないけど、それで女が怖くなったわけだ）

橘川は、ナイーブだなぁと思って苦笑をすると、待鳥の中途半端に立ち上がったままでいるそこを握った。

「知らなくて……、ごめんなさい。もっと優しくすればよかった」

「過ぎたことはもういいっ、それより橘川くんっ、そこ、放してくれないかっ」

「収まるのを待つより、抜いてしまったほうが早いですよ」

「やめてくれっ、口は駄目だ、僕は口は…っ」

「しゃぶられたことくらい、あるでしょう？」

「違う、僕は、萎えるっ、く、口では立たないんだ…っ」

「それならなおさら好都合じゃないですか。すぐにしょんぼりする」

「橘川くん……っ」

橘川が顔を伏せた。やめさせようと体を起こした待鳥は、ほとんど萎えている待鳥自身を手のひらで支えた橘川が、待鳥を見上げながら、恐ろしく淫猥にべったりとそこを舐めあげる様を見てしまい……、萎えるどころか一気に充血した。カッと顔を赤くしながらもうろたえる待鳥に、チュウと先端にキスをして橘川は笑った。

「見事な萎えっぷりですね」

「いや、どうしてだか、僕にも…っ」

「まだ舌技を施すまでいってないんだけどな。鳥さんを可愛がりたいっていう気持ちが伝わったかな」

「可愛がり、たい……?」

「そうですよ。こうやって舐めてしゃぶって…」

「…っう……」

「気持ちよくして、空になるまでいかせたいんです。トロトロのぐちゃぐちゃにして、甘やかしてメロメロにしたい。だから鳥さんはマグロでいいですよ。俺に可愛がられてるだけでいい」

「あ、橘川くん…っ」

「……また硬くなった。なに? 言葉責めでもないのに、どのへんに感じるんですか?」

「知らない、わからない…っ」

「……ふぅん……。まあ、感じてくれるならいいです。じゃあフェラでいくのは初めてですよね。我慢しなくていいですよ。俺の口に出していいから」

「そんなことっ、き、橘川…っ」

　待鳥は、なぜか意地悪そうに微笑った橘川が、待鳥を舐め上げ、そのままガポッと口に入れるまでを見てしまった。橘川は待鳥と視線を合わせたまま、嬲《なぶ》るという言葉がぴったりくるふうに、愉《たの》しそうにいやらしく待鳥をしゃぶるのだ。可愛がられている、ということを頭と体で実感したとたん、なにかが切れたように待鳥は乱れた。

「あ、あっあっ、橘川くん、橘川く…っ、駄目だ、そこ、駄目…っ」

　素直に声をあげ、快感に身もだえた。橘川の髪に手を差しこみ、出るからもう離してくれ、と頼んだが、橘川は一層舌を絡め、吸いあげてくる。待鳥の腰がビクリと跳ね、チカチカと視界がぶれた。

「で、出る…っ、出る、橘川くんっ、んんん……っ」

　待鳥もよく知る絶頂が訪れた。寒気が走ったように体がふるえ、腰が痙攣する。橘川に強く吸われて口内に出してしまった待鳥は、一息つくところをさらに吸われ、舐められ、悲鳴をあげた。

「やめ、やめろ橘川…っ、ああ、ああ…っ」

　指で搾られ、口で吸われ、呼吸困難になる一歩手前で、やっと橘川は顔を上げてくれた。ああ、とかすかな声をこぼした待鳥が、空気を抜いたビニール人形のようにシーツに倒れこむ。この歳にしてフルマラソンを走ったくらい、疲労困憊《こんぱい》していた。橘川が隣に横たわり、

待鳥の髪を優しく梳きながら言った。

「サクッとすっきりしましたね」

「…っ、は、早くて悪かったなっ」

「うん？　べつに早くないですよ。出してもらうことが目的だったので、壺《ツボ》を全部攻めたから。あれで三分もったら遅漏ですよ」

「三分！　僕はカップラーメンか！」

「だから、三分ももってませんよ。二分いったかな？　冷凍の肉マン一個をチンするくらいの時間です」

「も、もういいっ」

乱暴に橘川の手を払った。橘川のような若造に快楽をコントロールされていたと思うと、恥ずかしいやら情けないやらで、まともに橘川の顔が見られない。つっけんどんな態度を取るのは子供のようで、それも恥ずかしかったがどうしようもない。ふふふ、と笑った橘川が待鳥の肩に腕を回して抱き寄せた。思わずビクッとしてしまった待鳥に、なだめるような微笑を向けて橘川は言った。

「もうなんにもしません。鳥さんが、なにもかも初めてだとは知らなくて、かなり疲れることをさせてしまったし」

「は、初めて、とか、そういう……」

「お詫び。腕枕《うでまくら》をどうぞ」

「いや、僕は……」

男が、しかも年下の男に腕枕をしてもらうなんて、どう考えても恥ずかしい。待鳥は辞退を口にしたが、そんなことを聞く橘川ではなかった。簡単にギュウと抱き寄せられ、腕で包まれるようにされてしまう。予想外に安堵を得て驚いたが、同時に、どんな笑える画ヅラになっているんだと羞恥も覚える。そんな待鳥に、橘川は髪にキスを落として尋ねてきた。

「それでね、鳥さん。本当にあの男は、鳥さんの愛人ではないの？」

「愛人て、きみなぁ……。なんにしろ、きみに教える筋合いはないよ」

「素直にならないと、またいじめますよ」

「…っ、う、待て…っ」

橘川の手が尻に回り、まだ弛《ゆる》んでいるすぼまりに、たやすく指を入れてきた。

「言わないならこのまま中でいかせる。今度は一回じゃ許しませんよ。四、五回いってみますか？　たぶん鳥さん、失神するな」

「待て、教える、教えるからっ、ゆ、指を抜け…っ」

橘川の腕を強く掴んで頼むと、橘川はふふっと笑って後ろから指を抜いてくれた。待鳥は溜め息をこぼした。究極の私物である自分の体を、ここまで好き勝手にされて、今さら橘川に張る意地などない。数回身じろぎをして寝心地のいいポジションを見つけると、橘川に髪を撫でられながら言った。

「並木さんは学生時代の先輩だよ。店のオーナーで、僕の雇い主。それだけだ」

「それなら、鳥さんの片思いなんですか？」

「……どうしてそういう方向に考えがいくんだろうなぁ。それだけきみが若いということか？」

「そうやってごまかすのはオジサンの得意技ですよね」

「ごまかしていないよ。並木さんのことは先輩だとしか思っていない」

「でも、鳥さんにとって特別な男でしょう？　あんなに甘えた顔、あの男にしか見せないくせに」

「あの男とか言うんじゃない。僕より三つ上なんだから、きちんと礼を以《もっ》て並木さんと言いなさい」

「わかりました。で、鳥さんにとって並木さんは、どういう意味があるんですか。ベタベタ、イチャイチャして、おまけに並木さんにだけカクテルを作って。ただの先輩にあんな態度は取らないと思いますけどね」

「……」

待鳥は呆れて橘川を見た。ふだんの小生意気な橘川とは思えないほど、可愛い、というより、子供っぽい嫉妬をするなぁと思った。なに、と橘川に少し睨まれて、べつに、と待鳥は答えた。

「並木さんが特別というなら、特別だろうなぁ。なにしろ僕の雇い主だから。解雇されたら住む家をなくす。そういう意味で、特別な人だよ」

「……ここ、あの人の部屋なの⁉　鳥さん、囲われてるんですかっ。愛人じゃないって言ったじゃないですかっ」

「橘川くん……」

なぜそう愛人の方向に持っていきたがるんだと呆れて、溜め息をついて待鳥は答えた。

「ここは、社員寮の一つだよ。豪華で僕も驚いたけど、マスター待遇なんだそうだ。福利厚生のランクに見合っていない、お飾りマスターだけどな」

「マスター待遇だとしても、こんなにいい部屋……？　いや、おかしいと思う。下心もないのにこんな部屋？」

「橘川くんは、下心がありすぎるよ……」

「……鳥さん？」

「……んー……」

優しく髪をいじる手と、抱き寄せられた腕の中が心地よく、待鳥はついうとうとしてしまった。橘川が微笑をした気配がする。待鳥の髪を撫でながら、橘川が囁いた。

「風呂に入らなくていいんですか？　面倒なら、俺が洗ってあげますよ」

「食事は？ ちゃんと食べないと、またぶっ倒れますよ？」

「んー……」

あとで、食べるよ……。そう言ったつもりだが、声にはなっていなかった。橘川の腕の中で甘やかされ、待鳥は久しぶりにリラックスした穏やかな気持ちで眠りに落ちた。

「……可愛い人だな、本当に……」

橘川はほんのわずかに開いている待鳥の唇にキスを落とすと、そっと待鳥の左手を取った。薬指の根元にじっと目を凝らす。ほとんどそれとはわからない、消えかかった指輪の跡があった。橘川はそっと待鳥の腕を戻し、まろやかな肩を抱きしめた。

「…鳥さんは、女を可愛がれる人じゃないのに……」

苦笑をした。おそらく待鳥自身もそれを知らなかったのだろう。可哀相に、と橘川は思い、待鳥が深い眠りにつくまで、優しく髪をいじり続けた。


橘川の勤め先は六本木の高層ビルの、その高層階にある。とはいっても、会社そのものが入っているわけではない。外資系銀行の特別な一部署——富裕層のみをターゲットに資産管理や運用を行なう、つまりはプライベート・バンク部門だ。顧客が顧客なので、リレーション・パートナーには高い知性と教養が求められる。若干二十八歳の橘川は当然ここでは最年少で、先輩たちのアシスタントという立場だが、この年齢でこの部署に配属されるのは異例中の異例だ。

上司からどんな理不尽なことを言われても怒らない穏やかさ……言い換えれば、他人の心情になど無関心でいられる冷たさと、それに反して顧客のことは絶対に怒らせない気遣いと回転の早い頭に、顧客受けしそうな整ったルックスに上品な物腰を持っていることが、鍛えれば使えると上に判断されてのことだ。もちろん、学歴も成績も申し分はない。

橘川本人は動産・不動産といった資産より、顧客の人生のほうに興味があるので、できるなら資産継承のエキスパートになりたいと思っているが、なぜか顧客はコンシェルジュサービスで橘川を指名してくる。俺は年寄りや子供に受けがいいんだろうかと、橘川は密《ひそ》かに悩んでいるのだ。

今日も橘川は顧客の自宅である、正真正銘のお屋敷を出ると、真っすぐに六本木へ戻ってきた。エレベーターに一人で乗ったところで、ようやくほっと息をつく。いつ、どこで、誰に見られるかわからないので、勤務時間中はとにかく気を抜くことは許されないのだ。プライベートでさえ、あまりにラフな格好で出歩くことや、公共の場所でのマナー違反、人目を憚《はばか》る必要のある場所への出入りを禁止されている。

「今夜も鳥さんに会いにいこう」

橘川は楽しそうに微笑した。桁外《けた》れの給料を貰っている分、公私にわたって縛りが多く、高ストレスを抱える仕事をしている橘川にとって、あの店は本当にリラックスのできる大切な場所だし、待鳥は自分にとっての癒しであり、活力の元だ。

ホテルのクラブサロンのような雰囲気の、恐ろしく眺望がよくてゴージャスな仕事場を出たのは、七時過ぎだった。会社の近くの行きつけの日本料理店で夕食をすませ、地下鉄を乗り継いで待鳥の店へ向かいながら、ふふふっと思いだし笑いをしてしまった。

(可愛かったな、この間の鳥さん。まさか、俺の腕の中で寝てくれるとは思っていなかったし)

寝ている間に犯されるかもしれないなどと、考えもつかないのだろう。

(あの時、俺、まだガッツリ立ってたんですけどね)

無防備で、隙がありすぎて、だから心配で、箱に入れて持ち歩きたくなってしまうほど庇護欲を誘う、可愛い男。手に入れて、可愛がり、笑わせ、幸せにしたいと心底から思った。

店の扉を押し開けたのは、九時半を少し回った頃だった。

「いらっしゃいませ」

いつものように待鳥が営業スマイルで迎えてくれる。が、いつもと違うのは、視線が合ってもすぐに外してしまうことだ。むやみに作業台を拭いてみたり、グラスを磨いてみたりと、特にバタバタしているわけではなく、優美に落ち着いて作業をしているように見えるが、待鳥を観察し続けてきた橘川には、そわそわしているのだとわかってしまう。

（可愛いな……、照れてるんだな）

厳密な意味で抱いたわけではないが、ともかくも待鳥と一線を越えたのは、つい三日前だ。待鳥の頭にもまだあの夜のことが生々しく残っているのだろう。

「お待たせいたしました、ハイランド・クーラーです」

「ありがとう」

いつもの最初の一杯が出される。続けて出されたチャームのドライフルーツをつまみ、橘川は小声で言った。

「…この間は、黙って帰ってしまって、すみませんでした」

「ああ、いえ……」

思ったとおり、待鳥は困り果てた表情を見せた。ここでさらりと、構いませんよと流せないところが、純情で可愛いと橘川は思う。内心で恐ろしく動揺しているのか、台布巾をいじり回すという、およそカウンター内の人間として失格なことをやらかして、それからボソボソと答えた。

「その、わたしのほうこそ……、おにぎりを、ありがとう……」

「……どういたしまして」

橘川は思わずプッと笑ってしまった。公私のけじめがつけられないというよりも、今礼を言わなければ言う機会がないと思ったのだろう。本当に真面目だなぁと橘川は思った。

あの夜、待鳥が深く眠るのを待ってベッドを出た。目が覚めたらすぐに食べられるものでも用意していこうと思ったのに、覗いた冷蔵庫には、ビールと瓶詰の佃煮《つくだに》やらメンマやらしかなくて、本気で呆れた。奴《やっこ》用に決まっている豆腐と、卵かけごはん用に決まっている卵があったので、それで味噌汁《みそしる》を作った。米を炊き、佃煮を具にしたおにぎりを作った。海苔《のり》は、あったのかもしれないが見つからなかった。味噌と、風味調味料があったことが奇跡だと思った。

思いだして、橘川は微苦笑をして待鳥に尋ねた。

「鳥さん、料理はしないんですか。それともできないの？」

「料理くらいできますよ」

「嘘嘘。なんですか、あの冷蔵庫の有様は」

「嘘ではありませんよ、本当にできます。今は作る気がしないので、やらないだけです」

「本当かなぁ？　じゃあ今度、食べさせてくださいよ」

「お断りしますよ。そんなことをする理由がわたしにはありませんから」

「だからね、鳥さん。本当は、できないんでしょう？　見栄を張らなくたって……」

「本当にできますよ。これでもうまいんですから。店の軽食はわたしが作っていることをご存じでしょう」

ちょっとしたからかいに、ムキになって言い返す待鳥だ。この馬鹿正直さも可愛いし、ギリギリのところで丁寧語を使っているが、かなり素が出てしまっているのも、橘川には嬉しいことだ。

（ああ、もう、本当に……、鳥さんは自分の魅力をちっともわかっていないんだからな）

どうしたって放っておけないじゃないかと橘川は思う。ふらふらしていることを自分でわかっていない、この危なっかしい男を、早く手に入れたい。どうやって落とそう……。そんな考えが表れてしまっている、少しいやらしい視線で、動き回る待鳥を追った。もちろん、美しい待鳥を見つめていたい気持ちが半分と、真面目な待鳥を困らせたい気持ちが半分だ。

（……ああ、可愛い……）

橘川は低く笑った。待鳥は橘川の視線など気づいてもいないというふうを装ってはいるが、決して橘川を見ないことからも、意識をしていることはありありとわかるのだ。これはどうなんだろう、少しは脈ありと考えていいのだろうかと思っていた時だ。新たな来店客に視線を向けた待鳥が、それはもう嬉しそうな微笑を浮かべたのだ。

（あいつか……？）

内心で舌打ちをした。待鳥がこんな表情を見せるのは、あの男が来た時だけだ。並木。

橘川はなんでもないふうにグラスを口に運んでいるが、その実、一瞬で橘川のことなど頭から消し去ったような待鳥が気に食わない。やってきたのは思ったとおり、並木で、カウンター端の指定席に腰を下ろした。

「並木さん、いらっしゃいませ。いつもので？」

「ああ、今日はグレナデンを抜いてくれるか。あとクラブハウスサンドを頼む。腹が減ってさぁ、昼からなにも食ってないんだよ」

「ここへ来る前に食べてくればよかったじゃないですか。『木《き》の屋《や》』ならごはんものもあるでしょう？」

「ここじゃないと落ち着かないんだよ。おまえの顔も見たいしさ」

「ありがとうございます」

待鳥はひどく浮き浮きと対応している。橘川にはそう見える。仕事では熱くならないことを買われている橘川だが、好きな男に対しては冷静さを欠くのは仕方がない。それまでの幸せな気分が一気に消え、ムカムカとした。

そんな橘川の様子をチラリと見た町田は、こりゃイカンと思ってすっと橘川の前に立った。

「今日はマスターが作った、スモークサーモンとアボカドのマリネがありますよ。試してみませんか？」

「鳥さんの手作り？」

「ええ。開店前にここで作ったものです」

「ああ、じゃあぜひ」

橘川のために作られたものではないが、待鳥の「手料理」には違いない。ムカムカがムカムくらいに軽減され、橘川はいそいそとマリネを口に運んだ。

「……うん、旨い。マリネ液も鳥さんが？」

「ええ。目分量で作ってましたから、作り馴れているんじゃないですかね」

「へえ。メニューにあるものは、全部町田くんが作っているのかと思っていた」

「マスターは酒は作りませんけど、それ以外はすべてできるんですよ。みんな橘川さんみたいに、わたしが作ってると思っていらっしゃいますけど」

町田が微苦笑をした。橘川も意外な情報に少し驚く。料理ではなく肴《さかな》だが、本当に作れるんだなぁと感心しながら、話のついでに気になっていることを聞いてみた。

「そういえばこの間、鳥さんを送っていった時にね。寮に住んでいたんだ、驚いたな。この店というか、グループ？　みんな寮住まいなの？」

「ええ、希望者は寮に住めるんです。わたしも寮住まいですよ」

「へえ、福利厚生がしっかりしている会社だね。鳥さんは一人で一室使っていたけど、みんなそうなの」

「そうですねぇ、一応ランクがありますけど。マスターや店長クラスは一人で1LDKとか入れますけど、わたしなんかはワンルームです。もっと下だと、三、四人でルームシェアって形もありますね」

「ふうん。でも助かるでしょう？」

「それはもちろん、すごく助かってます。水商売だとなかなか部屋も借りられないんですよ」

「ああ、そういう事情もあるわけだ」

橘川はニッコリと笑ってうなずいたが、内心ではムカムカがさらにムカムカムカに増幅されていた。

（なにが社員寮だ）

仕事柄、高級マンションの仲介はいやというほどやってきている。待鳥が住むあの部屋は、設備も広さも間取りも間違いなく高級の部類に入るものだ。立地から考えて、もしも賃貸だとしたら、家賃は六十、七十万ほどにはなるだろう。

（あの部屋は、あの男が鳥さんのために用意した部屋だ）

確信した。これまでは待鳥が並木をどう思っているのかばかり気にしていたが、注意すべきは並木のほうだ。隙だらけで真面目な待鳥は並木のことをただの先輩だと言い、ただの先輩としてしか見ていないだろうが、並木のほうは待鳥に、確実に特別な感情を持っている。

（これまではなにもなかったかもしれないが、これからなにかあるかもしれないじゃないか）

そうなる前に、待鳥を手に入れたいと強く思った。

一方、待鳥のほうは、並木が来てくれて助かったと思っている。

(ああいう目で見られても、困るんだよなぁ……)

個人的な感情をストレートに表す目だ。橘川とああいうことがあって、あらぬ場所に指を突っこまれ、今でもなにが起きたのかわからない体験をさせられて、それについては非常に気恥ずかしい思いをしている。だが、それだけだ。体中をいじくりまわされ、初めてフェラチオで勃起して射精までして、さらにはそれを飲まれてしまった。橘川が自分をどう思い、どうしたいのか、これ以上はなくはっきりとわかったが、だからといって橘川にどんな感情も湧かない。

(愛だの恋だの、考えられないさ)

端的にいって、面倒なのだ。橘川の気持ちを考えるとか、それについて自分はどう対処すべきかとか、慮《おもんぱか》るパワーがない。若い頃なら恋愛を大切なものとして自分の中心に置けたが、今はもう、目に見えない分やっかいな、気持ちのやりとりというものが億劫になっている。そんなことに神経を使うくらいなら、家で一人でダラダラと好きなことをするほうが楽でいい。

(あー……。楽しいより楽を取る歳になったってことか……)

べつにそれでがっかりもしない。可もなく不可もないという状況に、自分は満足している。

並木にグレナデンシロップ抜きのシャーリー・テンプル、要するにジンジャーエールと、手際よく作ったクラブハウスサンドイッチを出す。ずっと橘川の視線を感じていたが、町田もいるし、わざわざ相手をすることもないだろうと思い、放っておいた。

サンドイッチを一つ食べ終えた並木が、微苦笑をしてこそりと待鳥に言った。

「例の彼から、射殺《いころ》されそうな目で睨まれてるよ」

「並木さんが？」

「そりゃ俺だよ。美人マスターを独り占めしてるからな」

「……」

並木は面白そうに笑ってくれたが、待鳥はやれやれという具合に溜め息をこぼした。そんな待鳥に、並木は、おや？という顔をした。どんなに質の悪い客でも、待鳥はこんなにあからさまに、参ったなという態度は見せたことがない。並木はサンドイッチにかぶりつき、待鳥に尋ねた。

「……あの彼と、なにかあったか」

「え……、ああ。どうも本気で口説かれていて」

ドキリとしたが、まさかあんなことがあったなどと言えるわけもなく、待鳥は綺麗に微笑してそれだけを言った。並木は顔を伏せ、ククク ッと笑った。

「バーのマスターに本気で惚《ほ》れるなんて、若いねぇ。おまえの綺麗な顔と、いやらしさを感じさせない愛想のよさに、コロッといっちゃったのかね」

「……」

「どうしてもあしらえなくなったら、俺と付き合ってるって言っちまっていいぞ」

「並木さんの結婚指輪に気づいてますよ、彼」

「あー。じゃああれだ、愛人だ。昼ドラみたいな設定がいいな、実は俺は飲食店の傍ら、裏で闇金《やみきん》やっててさ、おまえが金を借りてるんだ。で、返せなくなって、体で払ってると。どうだ、ベタだけにありそうだろう」

「それで？　僕はわりと並木さんに気に入られてて、店まで持たせてもらったとか？」

「それがいいな。そうしよう」

「はい。どうしようもなくなったら、その設定でいきます」

ふふっと笑った待鳥は、そうか、そういう理由か、と思った。橘川は、愛想のいいマスターとしての自分が好きなのだ。

(それはそうだ、店でしか会っていないんだからな)

理由がわかったところで、待鳥はべつにがっかりもしない。ただ、恋愛感情を持たれて困ったなと、真面目に考えてしまった自分に呆れた。

「コーヒー、いれましょうか」

「んー、俺はあとでいい。あちらの彼のグラスが空だぞ」

「え」

てっきり町田が相手をしていると思っていたが、町田は町田でほかの客からのオーダーに答えていたりで忙しいのだった。しまったと思い、待鳥は慌てて橘川の前に戻った。

「橘川さん、申し訳ありませんでした。お代わりはいかがいたしましょう」

「そうだな……、嫉妬のあまり酔ってしまいたい気もするけど、あなたに不様な姿は見せたくないし」

「…わたしは構いませんよ」

「どっちが？　嫉妬？　俺の醜態？」

「さあ、どちらでしょうね」

「……バラライカを」

「かしこまりました、バラライカですね」

カウンターを片づけた待鳥は、めずらしく橘川がおつまみ……マリネを食べたことを知り、まさか自分が作ったとは知らないだろう、口に合ったかなと考えて微笑した。

町田がバラライカのグラスをすべらせてくる。それを受け取って橘川に出すと、ふっと手を握られた。あの夜のことを待鳥に思いださせるように、いやらしく指を絡めて橘川は言った。

「鳥さん。店が引けたら食事にいきましょう」

「橘川さん……」

科白はいつもと同じだが、眼差しが熱い。待鳥は思わず微笑してしまった。マスターとしての自分。いつもほほえみを心がけ、客からなにを言われても、されても、困った顔は見せてしまうが、いやな顔はしない、穏やかに見えるだろう自分。町田に教えこまれた所作や、美人だと人に言われる顔の造形。そういったものに好意を抱いている橘川。

（本当の僕を知ったら、百年……、いや、ここ三ヵ月の恋も冷めるだろう）

自分は心の一部が壊れている。響子と濃密にふれあってから初めてわかった、深い部分が壊れている。原因はない。結婚をして、ただ、そうだからとしか言えない。だから、治しようがない。この欠陥がある限り、恋という甘さを知ることも、愛という潤いに身を浸すこともできない。待鳥よりも相手が傷つく。それは響子との結婚で、いやというほど知った。

（そういう自分の異常さから僕は逃げた。なぜなのか考えることも、改善したいとも、克服したいとも思わずに）

もう、いい。……そんな気持ちしか今は持っていない。もういいのだ。なにがどうでも、どうなっても。店で働くのは楽しい。仕事のことを学ぶのも楽しい。だがそこ止まりだ。十年後、いや五年後、それどころか一年後の自分のことも考えられない。将来というものを考える意味が、待鳥にはないのだった。

（見るからにエリートの橘川くんだ。こんなふにゃふにゃの僕を知れば、呆れて興味も失《う》せるだろう）

橘川に幻滅してもらうことが、一番手っ取り早く、かつ、若い橘川の心に傷をつけずに諦めてもらう一番いい方法だろうと思い、待鳥は美麗な営業スマイルを作って答えた。

「そうですね。橘川さんとお食事するのも、楽しいかもしれません」

「……それは、オーケーという意味？」

「ええ。承りましたという意味です」

「……」

目を見開く橘川が可愛い。待鳥が微笑を保ったままうなずくと、橘川はチラリと並木を窺い、待鳥に視線を戻した。ひどく甘い微笑を浮かべて言った。

「まさかオーケーしていただけるとは思っていなかったので、残念なことに今日はノープランなんです」

「深夜営業のラーメン店でも結構ですよ？」

「とんでもない」

微苦笑をして橘川は続けた。

「改めて、メールをします。都合が悪ければ言ってください」

「はい」

待鳥はどんな感情も窺わせない、完璧《かんぺき》な営業スマイルでうなずいた。

月曜日になった。『Bird's Bar』の定休日だ。

めずらしく待鳥は、昼下がりのカフェに来ていた。若者に安定して人気のある街だが、橘川に指定されたカフェは大人向けで、待鳥が一人でぼんやりとコーヒーを飲んでいても馴染んでいる。

（それにしても、昼に誘われるとは思わなかったなぁ）

デートの約束をして二日後、橘川から営業用のケータイに届いたメールには、月曜の午後一時にカフェで、と書かれてあった。さすがに店が引けてからの深夜デートはないだろうと思っていたが、平日に誘ってきたことに驚いた。待鳥は休みだからいいが、橘川は仕事だろう。昼休憩に合わせてのランチデートかな、とぼんやりと考えた。

「鳥さん」

「んー？」

名前を呼ばれ、コーヒーを飲みながらそちらへ顔を向けた待鳥は、橘川がいつものバリッとしたスーツ姿ではなく、私服だったことに驚いた。それでもジャケットを着ているところが橘川らしい。橘川は申し訳なさそうな顔で待鳥の向かいの席につき、言った。

「お待たせしてすみません。パーキングがどこもいっぱいで」

「いや、十分も待っていないよ。ところで橘川くん、今日は仕事じゃないの？」

「ああ、今日と明日、有休を取ったので」

「おいおい……」

「当然でしょう？　鳥さんのお店が終わってからじゃまともなデートもできないし、といって鳥さんが休みの日、俺の仕事が上がってからデートしたんじゃ、やっぱりゆっくりできませんから」

「いや、それはそうだけど。なにも連休取らなくたって……」

「明日、鳥さんを一人にするのは心配なので」

「なんだい、それは。子供じゃないんだから」

「若造の老婆心です」

橘川は真面目な顔でそんなおかしなことを言うので、待鳥はぷくくと笑ってしまった。

カフェでそのまま昼をとり、橘川の車に乗って向かった先は、予想外にも熱帯植物園だった。東京湾岸の埋立地にあるので、車があれば楽に行ける。

「鳥さん、ここに来たことは？」

「いや、ないよ。一人じゃなかなかこういう場所は来ないじゃないか。ああ、チケットは僕が」

「駄目。俺から誘ったデートです。鳥さんが払う意味がわからない」

「変わってるなぁ。今時の子は、割勘が常識なんじゃないのか」

「俺の周りにはデート代を割勘にする奴はいませんね」

「しかし、僕のほうが年上なんだしさ。昼食も、なんだかんだ言って、きみが払ってしまったじゃないか」

「う～ん……、じゃああとで、お茶をおごってください」

橘川はニコッと笑い、さっさと入場券を買ってしまった。

小さなパンフレットを片手に、広い園内をのんびりと歩いた。平日だし、メジャーだが人気スポットというわけでもないので、人もまばらで落ち着けるし、ゆっくりと見て歩ける。

いくつも連なる巨大ドームの中は、あらゆる水生植物を集めてあったり、熱帯樹林を再現していたり、花の美しい草木を集めて蝶《ちょう》を放していたりと、それぞれ趣向が違って面白い。

「うわぁ、これは綺麗だねぇ。一本の木なのに、こんなに色の違う花が咲くんだねぇ」

「う～んと……、咲いていくにつれ、色が変わると書いてありますよ。え～と、咲き始めがこれ、この濃い紫で、咲き終わりになると白くなるそうです」

「へええ、面白いね。いい匂いもするし、欲しいなぁ」

「鳥さんのために部屋に置きたいけど、熱帯植物ですからね。うまく育たないかもしれない」

「そうか、そうだなぁ、枯らしてしまっては可哀相だよなぁ」

「きっと売店に、育てやすい花が売っていると思います。気に入ったのがあったら、買って帰りましょうよ」

「そうか、うーん、悩むな。僕は夜型人間だから、夜に咲く花があればと思うんだが……」

「鳥さん、園芸好きなの」

「いや、今日までいいと思ったことはないな」

正直に答えたら、ハハハと声を立てて橘川に笑われた。待鳥も安直な自分に苦笑をして、明るく笑う橘川をじっくりと眺めた。視線に気づいた橘川が、笑いを収めて首を傾げた。

「なに？」

「いや、私服だと、さすがに若く見えるなぁと思ってさ」

「鳥さんこそ。とてもとても水商売をしているようには見えませんよ？」

「あー、たしかになぁ……」

自分の服を見下ろしてうなずいた。シャツもスラックスも何年も前に買ったものだし、シャツはノンアイロンのものだが、洗濯しすぎて効果が失われ、しわが目立つ。全体としてくたびれた印象で、今の自分そのままだと待鳥は苦笑した。

「でもまあ、休日のオジサンなんて、こんなものだろう。幻滅してくれたかな」

「なにを期待してるのかな」

橘川はクスクスと笑って答えた。

「幻滅してほしいようだけど、逆ですよ。なんていうか……、うーん、うまい言葉が見つからないな、とにかく可愛いんです」

「可愛いって、この有様が？」

「服なんか問題じゃない。鳥さんの空気、呼吸をするテンポ、話し方、ものを見る眼差し……、そういうのを総合すると、可愛いになるんです」

「……悪いけど、わからないな」

橘川の言い分は本当にまったくわからない。一人で勝手になにか夢見ているのだろうと思い、少し呆れて苦笑した。

一通り園内を回り、最後に売店に寄った。橘川の予想どおり、家庭でも育てられる熱帯植物の苗が販売されていたが、待鳥が欲しいと言った花も、ほかのどの植物も、みな夏場の水やりが大変そうで、育てられる自信がない。うーむ、と悩んでいたら、橘川に呼ばれた。

「鳥さん、座って悩んだら？　お茶、買いましたよ。ハイビスカスティーだって」

「へえ。熱帯植物園らしいね」

がたつくテーブルのがたつく椅子に座り、重くて分厚い、簡単には割れそうもないカップに注がれているお茶を飲んでみた。ふわりと花のいい香りはするが、渋い。うーん、と思ってちらりと売店を見た待鳥に、橘川がふふっと笑って言った。

「ソフトクリーム。買ってきましょうか」

「え、いや、…」

「渋いって顔に書いてありますよ。どの味がいい？　イチゴかな、チョコレート？」

ッとして言った。

「イチゴのほうが鳥さんに似合うのに」

　橘川は待鳥をからかう表情でそう言って、アロエのソフトクリームを一つ買ってきた。それを食べながらお茶を飲むと、渋みがうまく緩和されておいしい。熱帯版の抹茶みたいだなと思いながらパクパク、ゴクゴクしていたら、橘川のニヤニヤ笑いに気がついた。待鳥はムッとして言った。

「旨いよ。アロエのアイス。バニラアイスと変わらないよ」

「知ってます。アロエ入りのヨーグルトを毎朝食べていますから」

「それならどうして笑うんだ」

「可愛いからです」

「……」

　返す言葉が見つからない。待鳥は呆れて溜め息をこぼし、見るなら見ていろと思いながらソフトクリームをぱくついた。

「ところで苗はどうしますか。買いますか」

「いや、うーん……、育てられないと思うんだよなあ。水やりが無理そうだよ」

「鳥さんがどうしてもあれが欲しいなら、俺が育ててもいいですよ」

「ええ？　育てるって、きみだって昼間は仕事じゃないか。さっき育て方の説明を読んだだろう？」

「ええ。日当たりのいい場所に置いて、夏場は土が乾いたら水をやること」

「そうだよ。一日家にいられるわけじゃないんだ、そんなに水やりはできないだろう」

「家政婦を雇えば問題は解決ですよ」

「花のために？　それはいくらなんでも、…」

「いいえ、鳥さんのためにです」

「……それはあまり聞いたことのない口説き文句だなぁ」

「斬新でしょ？」

いたずらそうに橘川が笑うので、待鳥もプフフと笑ってしまった。

結局苗は購入せずに植物園を出た。車に乗りこんだが、どこへ行くのか待鳥は聞かない。今日は橘川のしたいようにさせ、マスターでもなんでもない、ただのオジサンである自分にがっかりしてもらい、恋らしきものを諦めてもらうためだ。次に車が向かったのは、意表をついて大型のショッピングセンターだった。駐車場から店内へ入りながら、待鳥は尋ねた。

「買い物があるのか」

「いいえ。ただここならなんでもあるから。本に衣類に靴に食器。見て歩くのも楽しいでしょう」

「そういえば、こういう場所にくるのは二年ぶりくらいだよ」

「鳥さん……」

橘川は溜め息をついた。

「パンツを買いましょうか？　靴下はちゃんとある？　片方だけとか、山のようにあるんじゃないですか？」

「パンツはこの間見ただろう。靴下は黒や紺しか持っていないから、片方だけとかわからないな。よく見ないで履いてしまうし。今日は……、揃《そろ》っている、うん」

「パンツはぜひ買いましょう。もし持っているパンツがすべてあの状態なら、全部の買い替えを薦めます。あれはもう処分レベルですよ」

「いや、破けていないし、まだ穿《は》けるよ」

「いけません。男の嗜《たしな》みの問題です」

「……」

スーツ姿の時はダンディの化身のような橘川に言われては、ぐうの音も出ない。渋々紳士用アンダーウェアの専門店へ行き、地味な柄のトランクスと靴下を大量に買った。

「どうしてもボクサーパンツは駄目ですか。俺はボクサータイプが好きなんだけど」

「自分で穿けばいいじゃないか。僕は長年トランクスできたんだから、あんな猿股みたいなものは、気持ちが悪くて穿けない」

「下着一枚になった時に、ボクサーパンツのほうが色っぽいんです」

「知るか」

さっくりと切り捨てたら、橘川はクスクスと笑って待鳥の手から荷物を引き取った。本屋にふらっと立ち寄って、仕事に役立ちそうな本を数冊買う。橘川は橘川でＦＰ関連の専門書や歴史小説やインテリアの専門誌を買った。本屋を出て、待鳥はやや興味を持って尋ねた。

「それは橘川くんの趣味なの？　ずいぶんと幅が広いね」

「いえ、仕事に必要なので」

「そうなのか」

仕事と聞いたらそれ以上は突っこまない。プライベートのデートとはいっても、客とマスターであることに変わりはなく、客の仕事を尋ねるのはご法度だからだ。そんな待鳥に苦笑をして、橘川はちょうどさしかかった喫茶店に誘った。

「ちょっと入りましょう。まともなコーヒーが飲みたくなりました」

「ああ、そうだね」

ちょっと狭いと感じる二人がけのテーブルに着く。半日も出歩いているのに、それほど疲れないなぁと思った待鳥がふふふと笑うと、すぐに、なに？　と橘川が尋ねてくる。待鳥は微笑を浮かべて答えた。

「きみと出かけるのは楽だなと思って」

「本当に？」

「ああ。もっとこう、よくわからないけど、若い人が行きそうな場所を歩き回ると思っていたから、疲れることを覚悟していたんだ」

「楽しい……？」

「うん、楽しいよ。ふつうで」

「よかった。本当によかった」

　橘川は心底ホッとしたように微笑した。待鳥も微笑でうなずきながら、その優しい情熱は、もっと橘川にふさわしい人に向けなさいよと思った。

　注文したエスプレッソが運ばれてくる。橘川はそれを飲みながら質問をしてきた。

「今夜の夕食、なにが食べたいですか。ちなみに俺が作るので、懐石は無理です。それ以外で」

「……えっ、きみ、料理できるって本当だったのかっ」

「いずれバレるような嘘はつきませんよ」

　苦笑をする橘川に、それもそうだとうなずいて、待鳥はリクエストした。

「これといって特定のものが食べたいわけじゃないんだが、こう、ふつうのものが食べたいな。家庭で出てくるような、和でも洋でもいいから、ふつうの夕食」

「一汁三菜でいいの？　野菜、多めにしますか？」

「あ、そうだな。野菜なんかほとんど食べないから」

「……あの冷蔵庫の様子じゃね……」

溜め息をつかれ、この時ばかりは待鳥も赤面した。ショッピングセンターに併設されているスーパーで食材を買って、再び車に乗りこんだ。やはり行き先は尋ねなかった待鳥だが、道路標識を追っていくと、どうやら待鳥の自宅へ向かっているらしい。待鳥は少し焦って言った。

「待った、僕の家は、困る」

「そうなの？　自宅のほうがリラックスできるんじゃないですか？」

「そうだが、正直に言って、きみを部屋に上げたくない。なにをされるかわからないだろう？」

「前科がありますからね」

ククク ッと笑った橘川は、それなら、と続けた。

「俺の家に来ますか？　でも、そのほうが鳥さんには危険だと思いますけどね」

「ああ、それはもっともだっ。よし、それなら外で食べよう」

「どうしてもと言うならそうするけど……、食材を無駄にしたくないな。それに俺、自慢しますけど、本当に料理はうまいんです。せっかく鳥さんにいいところを見せようと思っていたのに……」

めずらしく橘川が拗ねた口調と表情で言うので、うっかり可愛いと思ってしまった待鳥は、小さく笑いながらウンウンとうなずいた。

「わかった。橘川くんの手料理をご馳走になるよ」

「本当に⁉ やった、腕を振るいますよっ。で、結局、俺の部屋に連れこんでしまってもいいんですか？」

「連れこむ？ いや、やはり僕の部屋にしよう。きみの家だと五割増しで危険な気がする」

「正解ですね。自宅のほうが鳥さんがリラックスできます。今日を思い返して、パンツを買いに行ったな、程度の感想を持ってくれれば、俺としてはデート成功なので」

「パンツはたまたま買ったんじゃないか」

面白いことを言うなぁと思い、待鳥は苦笑をして背もたれに体をあずけた。

待鳥の部屋に到着すると、橘川はなんとも自然にキッチンに入った。鳥さんは遊んでていいですよ、などとふざけたことを言うので、ここは僕の家だぞと苦笑しながらも、ソファに転がってテレビを眺めた。そのうちにうとうとしてしまい、唇をついばまれる感触で目を覚ました。

「……チューしていいとは言っていないぞ」

「駄目とも言われていないので」

「まったく……」

「食事、用意できましたよ。起き抜けで食べられますか？」

「うん。……ああ、いい匂いがする」

醬油《しょうゆ》や出しの香りにわくわくしながらダイニングへ行くと、料理好きで料理が趣味の奥さんが作ったような、それは立派な夕食が並べられていた。

「へええ、すごいな。煮魚、白和え、これはアサリ?」

「ええ。アサリと小松菜の炒めもの。あと味噌汁は根菜をどっさり入れましたよ。少しは野菜不足解消になるといいけどな」

「すごいなぁ、本当にすごい。僕だってここまでは作れないよ。さっそく、いただきます」

「どうぞ。ごはんは?　どれくらい?」

「んー、ふつう」

「…はい、ふつうですね」

ふつうの基準がわからない。橘川は苦笑をして、茶碗《ちゃわん》にふんわりとよそった。

広いダイニングの大きなテーブルで、二人で向かい合って食事をした。料理はどれも、橘川が自慢するのがわかるほど美味だ。おいしいねぇ、と待鳥がほほえむと、橘川はふふっと笑って言った。

「味つけが少し薄く感じるでしょう?」

「ああ、うん、まあ……」

「それは鳥さんが、コンビニや持ち帰りの弁当ばかり食べているせいです。舌が馬鹿になってる証拠ですよ。これがまともな料理の味です」

「……まともな料理か。しばらく食べてないからなぁ。舌って本当に馬鹿になるんだな」

「大丈夫ですよ。これからは俺がしっかりとまともなものを食べさせて、健康体にしますから」

「おいおい、嫁にでも来る気か」

「婿《むこ》でしょう？　俺、たるんでたり出っ張ってる腹もかなり好きですが、鳥さんを生活習慣病にしてまで己れの好みを優先はしません。ちゃんと鳥さんの管理はします」

「管理か。管理なら、されるのも悪くないよな」

待鳥は小さく笑った。

食後は橘川が剝《む》いてくれたリンゴを食べながら、だらだらとテレビを見た。

「ビール、飲むか？」

「いえ、俺は家飲みはほとんどしません。バーで旨い酒を飲むのが好きなんです」

「そうなのか。毎度ごひいきに与《あずか》りまして」

ふざける待鳥にクスクスと笑って橘川は言った。

「鳥さんこそ、ビールどうぞ。持ってきましょうか？」

「いや、僕も飲むのはそう好きじゃないから」

「遠慮ですか？　冷蔵庫にビール常駐させてるくせに」

「うん、まあ、家で飲むのは、一人でいると……」

待鳥はふっと言葉を呑みこんだ。一人でいるといろいろ考えそうになって、でもなにを考えればいいのかもわからないし、考えたくもない。だから飲んで気を紛らわせるのだ。けれどそんな情けないことを橘川にも、ほかの誰にも聞かせたくはなかった。

橘川もあとの言葉を尋ねてくることはなく、さらりと今日のデートに話題を変えてくれた。待鳥が温室で蝶にたかられて、実は橘川は内心で爆笑していたことや、さっき気づいたことだが、鉢植えではなく水生植物なら水やりの心配もないし、蓮《はす》の苗を買ってくればよかったと待鳥がこぼすと、それならまずは水生植物園へ行って、いろいろ見てみましょうと橘川は答えた。

「俺が子供の頃、祖父の家にあったんですけど、すごくでかい鉢に睡蓮《すいれん》と金魚が入れてあったんです。あれとても綺麗だったなぁ」

「ああ、わかるよ。綺麗だよな、あれ。やっぱり睡蓮鉢が欲しいなぁ……」

「……鳥さん。衝動買いしないでくださいね。睡蓮も金魚も置物じゃなく、生き物なんですから」

「……わかってるさ」

そう答えたものの、本当は明日にでもいろいろ買いにいこうと思っていたので、浮き浮きした気分に水を差されて、口をへの字にしてしまった。

トイレに立った待鳥は、リビングに戻ってきて、思わず微笑してしまった。橘川がお茶をすすりながら、のんびりとテレビを見ている。リラックスした様子だが、だからといって、我がもの顔でもない。ここが待鳥の家だということをちゃんとわかっていて、そこに馴染んでいる。もう何年も前からこの部屋に来ているように。

「……」

理由はわからないがホッとした。リビングの入口で立ち止まり、橘川を眺めていたら、ふと待鳥を見た橘川が、なに？　というような表情をした。

「鳥さん？　どうしたの。ほら、こっちにおいで」

「おいでって。僕は犬かい」

「そんなつもりはありませんよ。とにかく、おいで。昆布茶いれましたから」

苦笑をする待鳥に、橘川も苦笑で答える。待鳥は、へえ、と思ってソファに寄った。

「昆布茶なんて、渋いチョイスだな。さっき、買ったのか」

「ええ。昼間はかなりコーヒーを飲むので、夜はなるべくカフェインをとらないようにしているんです。でも鳥さんが日本茶がいいならいれ直しますよ」

「いや、昆布茶をいただくよ。……それより、日本茶も買ったのか？」

「ほかにもいろいろと買いました」

待鳥がソファに腰かけると、なんとも自然に、当たり前に、橘川が待鳥の肩に腕を回して

きた。

「橘川くん」

たしなめるように言って腕を外そうとしたが、うん？　という調子で橘川が言う。

「寄りかかっていいですよ。楽でしょ」

「ああ……、うん、じゃあ」

なんだ、そういう意味かと思い、そっと橘川に寄りかかってみた。肩口に頭をあずけると、たしかに楽だし心地いい。柔らかく抱きしめられて、予想外なことに安堵を覚えた待鳥は、響子と付き合っていた時もこんな感じだったなぁと思いだして小さく笑った。穏やかで、心地よくて、二人でいると落ち着くこの感じ。橘川相手におかしなものだと思うが、今はさらに、安心感のようなものまで覚えるのだ。橘川のほうが体が大きいから、掻い巻き布団に包まれているような感覚なのだろうかと考えてみたが、どうであれ、三十半ばの男が持つ感想ではない。待鳥は自分に呆れながら尋ねた。

「今日、知ったんだが、橘川くんは体が大きいよな。身長、八十超え？」

「辛うじて百七十台です。そういえば鳥さん、小さいですよね。店では目の高さが同じだからわからなかったけど、ちびっ子だったのか」

「きみから見たら、大概はちびっ子になるだろうよ。僕は辛うじて七十台に入ってる」

「十センチも身長差があって、どうして目の高さが同じになるの？」

「ああ。バーのカウンターの内側は、お客様と視線が合うように床が低くなっているからね」

「へえ、それは知らなかった。そういえばテーブル席は一段、高くなっていますね。あれもそういう理由？」

「そう。お客様を見下ろすことのないようにね。ちゃんとしたバーはそうなっているだろう？」

「ああ……、ああ、そう言われればそうだ、どこも、うん、座ればバーテンダーと目が合いますね」

「橘川くんは、使ったお金によってチャージが変わる高級店にも行ってそうだよな。……実のところ、いくつなんだい」

「俺ですか？　二十八です」

「……二十八⁉　なんだよ、僕より七つも下なのかっ」

「鳥さん、三十五なんだ。ああ〜、これから追熟していく感じだ、いいですねぇ。……なに、どうしたの」

不届きな言葉に突っこみを入れる余裕もなく、待鳥はパッと橘川から体を離した。橘川に、鳥さん？　と怪訝《けげん》な表情をされ、待鳥は耳を赤くしてボソボソと答えた。

「いや、きみより、七つも、七つも年上だよ、僕は……、こんな、寄りかかってとか、甘えてさ、みっともないじゃないか……」

「……どうして?」

橘川は微笑を浮かべると、固まってしまった待鳥の肩に腕を回し、少し強引に抱き寄せた。

「どうしてって……」

「甘えればいいでしょう。楽でしょ?」

「いや……」

「居心地のよさには、歳なんか関係ありませんよ。フカフカのソファが好きか嫌いか、それだけのことでしょう? 鳥さんは、フカフカのソファに座りたい人。俺は、フカフカのソファになりたい人」

「ええ……?」

「要するに、甘えるのが心地いいと感じるか、甘やかすのが心地いいと感じるかの差。性格の問題ですから、歳は関係ありません」

「ああ、うーん……」

「俺は鳥さんを甘やかしたい。なんでもしてあげたい。キスしてと言われたら、銀座四丁目の交差点のど真ん中でだって、喜んでしますよ」

「おい……」

「それはともかく、おいしい食事も作れるし、重いものだって運べます。電球だって、脚立から転げ落ちることもなく取り替えてあげられる」

「僕だって電球くらい、安全に替えられるよ」

「たとえです、たとえ。それくらい、なんでもしてあげたい。甘やかしたいんです。だから鳥さんも、遠慮しないで俺に甘えてほしいな。一緒にいる時は、いつでもこうやって抱きしめてあげる。膝に抱っこもオーケーです。ゆっくり眠れるなら、朝まで腕枕も問題ありませんよ」

「いやいや」

おかしな方向に話が進みそうだと思い、待鳥は慌てて首を振った。

「僕みたいな中年を甘やかしたって面白くないだろう？　今日一日いてわかったと思うけどもさ、…」

「鳥さんがすこぶる可愛いということ？」

「違う。こう、なんというか、ファッション？　とか、流行の音楽とか、あとなんだ、芸能人か。そういうのがわからないし、興味もない」

「ああ、興味を示したのは、なんとかかんとかっていうあの花と、睡蓮鉢でしたね。渋いなぁ」

「だろう？　橘川くんみたいな若い人とはおよそ趣味が合わないよ。行動力にもついていけないし」

「うん？　今日、そんなに疲れた？」

「いや、……今日は大丈夫だ……」

答えて、気づいた。疲れなかったのは、橘川が行く場所を選び、まめに休憩を取ってくれていたからだ。人のまばらな植物園に、どこにでもあるショッピングセンター。どちらも気を遣わなくてすむ場所だし、待鳥の面白みのない生活からかけ離れているわけでもない。刺激や興奮は疲れるだけとなった待鳥にとって、橘川が練ってくれたというデートプランは楽で楽しかった。橘川は本当に待鳥のことを考え、気を配ってくれた。甘やかしたいといった言葉どおりに、どこへ行く、なにを食べる、どうする、と責めたりしなかった。

「……」

「うん？　どうした？　そんなにじっと見て。……キス？」

「いや、違う。その、きみは……きみより七つも年上の僕に、こんなオジサンに、本当に好意を持っているのか……？」

「ふぅん？　七つも上の鳥さんなら、年の功でわかるんじゃないですか？　俺の態度を見ていれば」

「いや、あの……、それは、そうだが……」

「逆に鳥さんは今日、せっせとオジサンアピールして、俺に幻滅させようとしていたみたいだけど」

「……」

「それはどうしてですか？　俺が七つも下の若造だから？　鳥さんは素敵な男だし、俺なんかじゃ不釣り合いだと思ったの？」

「いやいや、そうじゃないよ、逆だよ、きみのほうこそ素晴らしく素敵な青年なんだから、きみにふさわしい若い人はたくさんいるだろう？」

「でも俺は、鳥さんが好きなんです」

「……っ」

簡潔に、ストレートに告げられて、待鳥の体は小さくふるえた。橘川はふふっと笑うと、待鳥を強引に腕の中に抱きこんで、穏やかな声で伝えた。

「今日ね。一日、鳥さんと一緒にいて、たぶんほんの一部なんでしょうが、鳥さんの素顔が見られて、昨日までよりもっと鳥さんのことが好きになりました」

「……こんな、僕の、どこが……」

「全部です。まず年上なこと。美人。物腰に品がある。興味がないことは自己主張するでもなく、ゆるーくスルーできる余裕とか。具体的なことを言えば、パンツや靴下なんかの細かいものをちゃんと管理できない駄目なところとか、空腹が満たされればなんでもいいと思って、平気でコンビニ弁当ばっかり食べてるに違いない、呆れた所業とか、あとは、…」

「まだひどいところがあるのか……」

「甘えれば楽になるのに、それがわかっていない可哀相なところとか」

「可哀相ってさ……」

待鳥は微苦笑をした。そんなことを言われたのは初めてだ。橘川は待鳥の髪にそっとキスを落として囁いた。

「駄目なところも素敵なところも全部含めて、鳥さんのすべてが好きです。この間は誤解して、ひどいことをしてしまったけど……」

「ああ、いや……」

「本当に、大事に、大切にしたいんです。可愛がりたい、甘やかしたい……、寄りかかってほしいんです……」

「橘川くん、僕は、……」

包みこまれるように抱きしめられて、キスをされた。

(…なにをやっているんだ、僕は……)

唇をついばむようなキスが、少しずつ深くなっていく。待鳥は口づけを受けながら、冷静に考えた。今日で橘川に諦めてもらうはずだった。冴《さ》えないオッサンに興醒《きようざ》めしてもらう予定だった。店での自分は「マスターのスーツ」を着ているようなもので、実際の自分はしわだらけのシャツを平気で着て出歩く、しょぼくれた中年男なのだと知ってもらうためにデートをしたのに……。

（なぜ、キスを許しているんだ。橘川くんの舌を噛んで頭突きをかまして、いいかげんにしなさいと叱ればいいのに……）

すっぽりと抱きこめられることが心地いい。キスを与えられることが気持ちいい。橘川に甘やかされることが嬉しい……。

「…、ん、ん……」

忍びこんできた舌に舌を搦め捕られ、優しく吸われたところで、まともなことが考えられなくなった。下半身にジワリと熱がともったことも理由だが、それよりもなによりも、心が感じてしまった。橘川の熱さになすすべもなく呑みこまれる快感がよみがえる。

唇をふれあわせたまま、橘川が囁いた。

「優しくしたいんです……、ベッドに運んでも、いいですか……」

「……ああ……」

そっけない答えを返した声は、もうかすれていた。橘川はキラリと目を光らせ、もう一度濃い口づけをして、待鳥を抱きあげた。

寝室の四隅の間接照明だけをともす。お互いの表情はわかる薄明るさだ。二人とも衣服をすべて脱ぎさって、全裸となってベッドに上がった。待鳥が橘川の腿をまたがる形で抱き合ってキスを交わした。濃いけれど激しくはないキスは、待鳥の性感を高めるためのものだ。

「……キスが好き?」

舌を吸いながら唇を離した橘川が、笑いを含んだ声で言う。待鳥はキス一つでぼんやりしてしまった頭で答えた。

「…わからない……」

「わからないって。もう立ってるのに?」

「…っ、あ…あ……」

からかうようにゆるくしごかれる。たったそれだけでゾクゾクするほど感じて、待鳥は橘川の腰を膝で締めつけた。ふふっと橘川が笑う。

「キスだけでこんなにして。好きでしょう、キス? 気持ちいいんでしょう?」

「…だから、わから、ない……んん……」

「鳥さんらしくない意地の張り方ですね。素直にならないとキスしかしませんよ? 硬くしたまま、いかないで終わる?」

「橘川、くん……」

「鳥さんくらいの大人になれば、いけなくてもべつに構わないのかな。うん?」

「違う…、きみの…、キス、だと……、気持ちいい……」

「……本当に?」

「あ、あいう、キスは、したことがない……、から、比べられな、い…わからな、んん…っ」

「でも、……」

結婚していたんでしょう、という言葉は呑みこんだ。今言うべきことではない。

「もう……、鳥さん、可愛いな……」

「ああ、あ…、んんっ」

的確に快楽を与える指使いに変え、甘い声をこぼす唇をキスでふさぐ。上からも下からも快感を注いでやると、すぐに待鳥の体は熟れる。橘川の指の動きに合わせて腰を揺すり始めたところで、橘川は唇を離した。

「鳥さん、もう腰振ってますよ」

「ん、も、このまま…っ、出したい…っ」

「少しくらい我慢できないんですか？　俺みたいな若造にいじくられて、そんなにすぐいきたくなっちゃうの？」

「あ、あっ」

「三十五年も生きているのに、だらしない体ですね」

「く、ぅ……っ」

快感だけではなく羞恥でも顔を赤くした待鳥が、橘川の腰を腿でキツく締めつけてこらえようとする。橘川はふふっと笑った。大人なのに、年上なのに、橘川より七つも上の三十五なのに……、そんなふうにオジサンをネタに言葉で責めると、待鳥はひどく興奮することを橘川は知っている。必死にこらえた待鳥が、橘川くん、と喉を絞るような声で言い、クッと息を詰めたところでパッと手を放した。

「あ、あ、どうして……っ」

「我慢できるでしょう、いい大人なんだから」

「き、つかわ、くん……」

「代わりにこっちを可愛がりましょうか」

「どっ、ち……」

橘川はクククと笑ってワセリンを手に取った。「どっち」と真面目に聞いてくる天然ぶりが、また可愛い。指先に取ったワセリンをそっと後ろに塗りつけると、ギュッと肩を摑んだ待鳥がゆるく首を振った。

「そ、こは、いやだ……」

「恥ずかしいですからね。人にさわらせるようなところじゃないし」

「やめて、くれ……」

「でも鳥さん、そんな恥ずかしいところをいじられているのに、前が濡れてきましたよ。どうして?」

「……っ」

「恥ずかしいところ……、ここ……」

「…っま、待て、入れないでくれ…っ」

「鳥さんは、ここが、感じるんだ。ん?」

「あ、あっ、やめて、くれ、そこは…っ」

橘川の指がゆっくりと奥まで入ってくる。待鳥は体をふるわせた。この前の、あの正気でなくなるほどの快楽の記憶がよみがえる。怖いのに体はうずく。待鳥は橘川にすがった。

「いやだ、橘川くん、怖いんだ…っ」

「怖くない」

待鳥の耳元にキスを落として、橘川は優しく言った。

「快楽は怖いことじゃない。鳥さんはもっと感じていい。乱れていい」

「いや、だ……」

「大丈夫だから。ねぇ鳥さん、わかりますか? 俺は鳥さんによがってほしいんです。悦くて悦くてわけがわからなくなるくらい、気持ちよくなってほしいんです。可愛がりたいんです、とことん」

「あ、あ……、ゆ、指、が……」

「ええ、そう、二本入りました。痛くないでしょう? 大丈夫だから、鳥さん。全部俺に任せて。俺に体をあずけて。鳥さんはなんにもしなくていい、ただ俺に抱かれていて」

「あ、あ……」

ただ抱かれていて……、その言葉を聞いたとたん、胸の奥がジュクリと熱いもので濡れた気がした。快感を拒み、強ばっていた体がふわりとほどける。それでいい、と橘川に囁かれて、待鳥の箍《たが》が外れた。橘川が与える快楽を素直に受け入れ、味わった。

「ああ……、橘川くん、橘川くん……」

「こうやって奥まで入れて出すのと、……こうやって入口でクチュクチュするのと、どっちが悦いですか?」

「あ、い……、入口…っ」

「中をいっぱいにされるより、こっちをいじめられるほうが好きなんだ。じゃあ今度、鳥さんの好きそうなオモチャ、買いましょうか。小さなボールがいくつも繋がっていてね。それを入れて、抜くと」

「あ、あ、…あっ」

「ボールが出ていくたびに、ここ……、開いて、閉じて。……想像しただけで感じた? お尻、キュウッて締まりましたよ」

「ん、ん、んん……っ」

こんなふうに体に愛撫を受けるのも、いやらしい言葉を言われるのも初めてで、それなのにたまらなく感じる。橘川に広げられ、ヌルヌルとこすられる快感を夢中で追っていた待鳥は、ふいに指を抜かれてうめいた。

「き、橘川、くん……」

「うん？　後ろ、いじってほしい？」

「う、ん……」

「もうちょっと太いので、こすってみる？」

「え……、あ」

橘川の胸に抱きこまれたまま、そっとベッドに押し倒されれば、待鳥にも察しがつく。さすがに犯されるのは怖くて橘川を見つめると、橘川は軽いキスをくれて、言った。

「鳥さんの後ろは、もう十分に柔らかくなってます。俺のものなら、入ります。痛みもなく」

「いや……、しかし……」

「でも怖がってると、痛い。締めてしまうから」

「そう、か……」

「俺は鳥さんを可愛がりたいんです。だから無理強いはしない。鳥さんがいやなら、やめます。でも、怖いなら、やめない。怖くないことを、俺が教えます」

「橘川くん……」

「鳥さんを抱きたい。俺のものにしたい。……鳥さんが、欲しいんです……」

「……」

橘川に真っすぐな目で見下ろされた。濡れて、深くきらめく、発情した雄の目だ。自分が欲しがられているのだと知ったら、なぜか激しく感じた。

「僕は……」

「うん」

「その……、なにも、しなくていいのかな……、きみを、悦ばせることを……」

「しなくていい。鳥さんの役目は、俺に可愛がられることです」

「……」

また、心が濡れた。待鳥は深呼吸をする間、考え、そうして橘川の首に腕を回した。橘川は待鳥の額にゆっくりと口づけをすると、待鳥の足を大きく開いた。

「怖くない。絶対に、痛くないから。いい？」

「ああ……」

「ゆっくり呼吸をして。驚いても、息を詰めないで」

「…わかった……」

「吸って……、吐いて……」

「あ……、あ、あ……」

待鳥の呼吸に合わせて、橘川が体の中に入ってきた。きついとは思った。だが痛みはない。太いところが入り、くびれを食い締めた時、たしかに快楽を感じた。

「橘川、くん……」

「苦しいですか？　一回、抜く？」

「そうじゃ、ない……、どうも、感じる……」

「……よかった。感じてて」

「ああ……、どうしよう……」

ゆっくりと丁寧に橘川は身を進めてくれる。奥へ向かって体が開かれるごとに、立ち上がったままの前がトロリと濡れるのがわかった。体が感じているのではなく、気持ちが感じているのだと思った。抱かれること、可愛がられること、快楽を与えられること……、自分がその立場にいることに、悦びを感じている。

「…橘川くん……、動かないのか……」

自分の中に収まりきった橘川が、キスを繰り返しながらもじっとしていることを待鳥は不思議に思った。橘川は愛《いと》おしむように待鳥の髪を撫でながら答えた。

「鳥さんの体が馴れるのを待っているんです」

「ああ、そうか……。申し訳ない、不馴れで……」

「どうして謝るの。鳥さんが馴れてようが不馴れだろうが、関係なく、俺は丁寧に抱きますよ。大事な人は大切に扱いたいでしょ」

「そうか……。ありがとう」

「鳥さんて……、本当に真面目ですね」

橘川は快感をこらえる、少し苦しそうな表情で微苦笑をした。待鳥は速くなりそうな呼吸を意識してゆっくりと繰り返しながら、自分の中で息づく橘川を不思議に感慨深く思っていた。そのうちに、腹を満たされて苦しいという感覚が、すっと、重い感覚に変わったことを感じた。

「…橘川くん、たぶん、もう大丈夫だ……」

「ええ。俺も、鳥さんの中が俺を受け入れてくれたこと、感じました」

「そ、そうか…っ」

「感じたら、遠慮しないで声出して。よがって。俺しかいないんだから、恥ずかしくないでしょう?」

「し、しかし……」

「鳥さんを悦ばせたいんです。俺のために、素直に感じてください」

「……できるか、わからないが……」

待鳥は困った表情でうなずいて、その生真面目ぶりでまたしても橘川を笑わせた。

あとは、待鳥の杞憂《きゆう》に終わった。はじめこそ体を突かれる苦しさにあえいだが、それに馴れてしまうと、橘川の硬さで入口を摩擦される快感の虜《とりこ》となった。

「んんん…っ」

抜かれる時がたまらなく悦い。橘川を締めつけてしまうと、浅く小刻みに出し入れされて、ふるえが走る快楽に、ただ甘く泣いた。

「ああ…ああ、橘川、くん……、そこ、やめてくれ…っ」

「中で、いかせましょうか？　深く、長く、いけるでしょう？」

「あれ、は、いやだ……、自分が、わからな、くなって、怖い……っ」

「……そう。じゃあ鳥さんが、もっと快楽に馴れたらね。わけがわからなくなっても、そうさせたのは俺だから大丈夫だって、それくらい俺のことを信頼できるようになったら、……そうだな、失神するほどいってみる？」

「そんなこと、されたらっ、翌日、動けなくなるだろうっ、僕の歳を考えてくれっ」

「動けなくても俺がいます。不自由はしませんよ」

「そういう、橘川くんが、怖いよ……」

「大丈夫。初めての鳥さんに、そんなにハードなことはしません」

「……え、今なんて、あ、あっ、そこ、やめろ、て…っ」

お喋りはインターバルだったのか。待鳥の腰を抱え直した橘川が、今度は本気、という具合に腰を使い始めた。快感よりも苦痛が勝ってくると、見計らったように中の壺を突き上げられて、待鳥は惑乱した。他人から与えられる快楽になすすべもなく溺《おぼ》れた。

「あ、あ……、ああ、あ…っ、ダ、メ、駄目だ、そこ……っ」

「可愛い、可愛い……」

「あっあっ……、いやだ、駄目…っ、や、いや、いやだ…っ」

「いって、いって。鳥さんの悦い顔見せて…っ」

「あ、あっ……」

突き上げられながら前もしごかれる。経験したことのない快感に飲みこまれて、待鳥は恥ずかしいと思う余裕もなく嬌声《きょうせい》をあげた。体が痙攣し、橘川の腰を足でキツく締め上げながら、待鳥は絶頂を迎えた。それでも橘川が前をしごく手を止めない。

「や…っ、あぁぁっ、さわ、るなっ、もうっ、やめてく…っ」

「鳥さん、締めて、もっと締めて…っ」

「う、くうぅ…っ」

いったあとも責められ続けて、言われなくとも体が勝手に橘川を締めつけた。過ぎる快感でのたうち、これ以上責めれたら心臓が壊れる、呼吸が止まる――そう思った時、小さくうめいた橘川が一際強く待鳥を突きあげ、動きを止めた。

「あ……あ……」

体の奥が熱いもので濡れていく。ああ、橘川くんの……、そう理解した待鳥の胸が、甘く締めつけられた。

待鳥の中に収めたまま、橘川はしばらく待鳥を抱きしめていた。呼吸の整ってきた待鳥は、小さく笑って橘川の背中を撫でた。

「橘川くん……、重いよ……」

「うん……。もう、離れても平気？」

「うん？」

「寂しくならない？」

「……ああ。平気だ」

うん、と答えた橘川が、そっと繋いでいた体を離した。穴からズッポリ抜けて、と下品な表現になってしまうが、まさにそんな感じで自分の一部が失われてしまったような気がする。寂しくなんておかしなことを言うなと思っていたが、離れてみたら、実際に少し寂しかった。

いつかのように腕枕をして抱き寄せてくれた橘川に、待鳥はぼんやりと言った。

「丁寧に抱いてくれて、ありがとう」

「ありがとうって……、いつも乱暴に抱いてるみたいじゃないですか」

「いや、そうじゃないよ。なにしろ初めてだったから……、いろいろと、怖かったというか……。だから、丁寧にしてもらって、嬉しかったんだ」

「……俺とのセックス、悦かったですか？」

「うん。セックスがあんなに悦いものだとは、知らなかった。それともきみが巧いのか？」

「初めてみたいなことを言いますね。可愛いな。そんなこと言うと図に乗りますよ、俺」

橘川はクスクスと笑った。手慰みのように橘川に髪をいじられながら、待鳥は、初めてだよ、と心の中で言った。他人と体を繋いだのは、今夜が初めてだ。だから、驚いた。とても気持ちがよかったし、不思議なほど心が軽くなった。あれほどセックスは無理だと思っていたのに、旨い味を覚えてしまった。

（……そんな、誤解させるようなことは、橘川くんには言わないが……）

ふわふわした気持ちでそんなことを考えていたら、橘川に軽いキスをされた。

「可愛い。本当によかった。気持ちよくなってくれたから」

「きみが巧いんだろう。馴れてるようだし」

「鳥さんだから、特別優しくしたんです。どこかの王様相手だって、こんなに丁寧にはしません」

「王子様じゃなく、王様なのか。さすがに年上好きだなぁ」

苦笑をしてしまった。ピチピチの若い子より、少ししなびたオジサンのほうがいいというのも、また変わった趣味だと思った。橘川は待鳥の肩を優しく撫でながら言った。

「……寂しくなったらね。いつでも俺を呼んでください。夜中でも、明け方でも、いつでも」

「橘川くん……」

「ベッドの相手って意味じゃないですよ？　もちろん鳥さんが欲しいなら、いつ何時でもお相手しますけど、そうじゃなくて。……一緒にテレビ見たり、お茶飲んだり。抱きしめてほしければそうするし、抱っこも膝枕もオーケーです。本当にね……、鳥さんを、寂しくさせるの、いやなんです」

「……僕も、きみといるのは楽だな……」

「鳥さん……」

「自分が、男とセックスできる人間だとは思わなかったけど……、相手がきみだからかなぁ」

「それって……」

「きみは気を悪くするかもしれないが、きみといると、元妻と交際していた時を思いだす」

「……」

「僕は元妻が大切で、大切だから、結婚するまでは性交渉は持たないと決めていた。妻も、それでいいと言ってくれた。実際に僕は、妻が初めての女性だった」

「ええ……」

「でも、十分に幸せだったんだよ。彼女のそばにいて、彼女と同じものを見て、彼女と話して、彼女と寄り添って……。オジサンになった僕から見ても、まあ、刺激とはほど遠い交際だったな。清い付き合いと言えば聞こえはいいけどね。……でも、結婚したらうまくいかなくなってね。結局別れることになってしまった」

「……」

「橘川くん。もしかして僕は、ゲイなんだろうか。自分で気がついていないだけで……。だから、女性である妻と、うまくいかなくなったんだろうか……」

「……俺の考えですけどね」

無意識だろうが、寄り添ってきた待鳥を抱きしめて、橘川は答えた。

「鳥さんの問題は、元奥様が女性であることとは無関係だと思いますよ。ただ、相手のタイプを選び間違えていた」

「きみみたいな人を選べばよかったと言いたいのか？」

「現に俺といると楽でしょう？」

「うーん……。そうだとしても、僕からはきみのように生意気で強引なタイプは選ばないと思うよ」

待鳥が真面目に答えると、橘川は弾けたように笑った。

店のドアが開き、表の音がかすかに入ってくる。ドアに顔を向けた待鳥は、無意識に甘い微笑を浮かべた。

「いらっしゃいませ、橘川さん」

「こんばんは、鳥さん。いつものをください」

「ハイランド・クーラーですね。かしこまりました」

いつもと変わらないやりとりだ。いつもと同じスツール、いつもと同じオーダー。町田が作ったカクテルを待鳥が出す。二言、三言、言葉を交わして、待鳥はやりかけのおつまみ作りに戻り、橘川は静かに酒を楽しむ。ふと橘川がトイレへ向かうと、その隙に町田が、作業の話でもしているように真面目な表情を作り、小声で尋ねてきた。

「このところ橘川さんの来店が減りましたよね。マスターのご機嫌がいいのはそのせいですか？」

「僕の機嫌がいい？　そうかな、意識したことはないが……、妙なセクハラをされなくなったからじゃないかな」

待鳥は真面目に答えた。町田は思わずククッと笑ってしまった。店以外で会っているんでしょう、という意味で言ったのに、待鳥は本当に鈍い。ギュッとミキサーの把手《とって》を締めながら、町田は微笑して言った。

「なにがあったかは聞きませんけど、前よりも全然生きてる感じがして、嬉しいです」

「生きてる感じ？　僕のこと？　そんなに影が薄かったかい？」

「そうですねぇ……、明日地球が滅亡するとわかっても、ああそうって笑って受け入れちゃいそうな感じでしたよ。なんていうか、生きてることがどうでもいいっていうか」

「……そうか」

待鳥はゆっくりとうなずいた。たしかに、生きてることはどうでもよかった。いや、どうでもいいから生きていればいいと思っていた。そんな自分は、町田のように前を向いて歩いている人間には不愉快だったことだろう。待鳥はハムの盛りあわせにクレソンと飾り切りしたラディッシュを添えながら言った。

「そんなふうに見える人間と仕事をして、苛立っただろう？　申し訳なかった」

「やだなマスター、謝らないでくださいよ、べつに苛立ってませんし」

「本当かい？」

「ええ、こう言ったらなんですけど、心配してないですから。マスターみたいな危なっかしい人のほうがモテますからね。いざとなったら、支えてくれる人がいますよ」

「僕はそこまでふらふらしていないよ」

町田の言葉に苦笑したが、橘川のことが頭をよぎってドキリとした。

（たしかに橘川くんといると、安心するが……、支えになる、とは違うよなぁ……）

もし橘川が女性なら、一線を超えてしまった今、結婚も視野に入れて考えるだろう。待鳥にとって体まで繋ぐということは、体も心もすべて、相手の人生に責任を持つという意味になる。しかし今回の相手は橘川だ。男だ。寝たからといって、これ以上、どう進展のしようもない。俗にいうセックスフレンドとも違う気がする。二人だけで会ったからといってセックスをしない日もあるし、むしろ会うことが目的で、セックスはそういう雰囲気になったらついでにする、という感じだ。

（肉体関係もある……、知人か？）

なんだそれは、と内心で首をひねったところで橘川が戻ってきた。待鳥はすぐに熱いお絞りを出す。

「ありがとう」

「お代わりはいかがなさいますか」

「そうだな。なにか甘いのを貰おうかな。ブランデーベースがいい」

「ではフレンチ・コネクションはいかがでしょう」

「うん、いいな。お願いします」

「かしこまりました」

待鳥が答えると、橘川が優しい微笑を返してくれる。それが嬉しい。以前の下心が垂れ流れているような眼差しは迷惑だったが、こういうのはいい。テーブル席から下げてきた皿を洗いながら、ちら、と橘川を見ると、気づいた橘川がやっぱり優しい笑みを見せてくれる。ほ、と胸を温めた待鳥は、これはもしかしなくても、橘川に惚れているのかなぁと考えた。

（いやいや、まさか。相手は七つも年下だ。若い女の子にときめくというのはよくある話だ

が、若いからって男にときめくわけがない）

　ということは、自分は本当にゲイなのかもしれないなと思った。響子と結婚生活がうまくいかなくなったのも自分がゲイだからで、橘川とセックスをしてみて、初めて男の悦さを知って、肉の快楽に溺れているのかもしれない。

（うん。それなら道理はとおる。橘川くんが初めての男だから、気になるんだろう。惚れているわけじゃあない）

　橘川とはもう、二ヵ月も体の関係を続けている。これまでは週に三回、要するに一日おきに店に来ていた橘川は、今では週に一回、多くても二回の来店になった。町田が、橘川の来店が減ったと言っていたが、店に来る代わりに待鳥の部屋に来ているのが、来店が減った理由だ。

（…来たからといって、べつになにをするわけでもないし）

　待鳥が休みの日、つまりは平日月曜の夜に、仕事を終えた橘川とデパートの中の喫茶室で待ち合わせ、それからデパ地下で食材を買って、部屋に帰る。橘川が料理の腕を振るい、たわいもないことを話しながら二人で食べる。特にベタベタするわけでもなく、待鳥は勉強をしたり、橘川はテレビを見たり、互いにやりたいことをして過ごす。ベッドに入って、相手がひどく疲れている様子でもなければ、橘川が誘ってきたり、待鳥のほうから誘うこともある。どっちもなければ、おとなしく眠るだけだ。

（セックスさえなければ、まったくふつうに友人付き合いだよなぁ）

橘川と過ごす時間は気持ちが楽だ。お互いに気を遣ってはいないが、気にはしている。穏やかで、ゆったりとした時間で、響子と交際をしていた時のような心地よさを覚える。違うのは、橘川がそばにいることで、安らぎを得られることだ。

（橘川くんと響子……。なにが、どこが、違うんだろうな……）

それがわかっていれば、響子とも破綻することは……、あんなにひどく、響子を傷つけることはなかったかもしれないのに。

「……」

今さら思い返しても無意味だ。今考えたって手遅れだ。待鳥は溜め息を呑みこんだ。ただ、橘川のことは、惚れているかどうかはわからないが、好きだということは認めなくてはならないと思った。

その時、並木が店に入ってきた。

「いらっしゃいませ」

おう、という具合に手を上げた並木が、いつものスツールに着く。待鳥はちらりと橘川を窺ってしまった。気づいた橘川はふふっと微笑うと、どうぞ、というようにうなずいてくれる。ほっとして、並木の応対にかかった。

「お飲みものは、いつものので？」

「いやー、今日はフレッシュジュースがいいなぁ。疲れててさぁ。あとステーキサンド。まだできるか?」

「ええ、大丈夫です。ジュースはなににしますか」

「半端に余ってる果物と牛乳でさ、なんか適当に作ってよ」

「町田くん、聞いてた? 適当なフルーツ牛乳のオーダーです」

町田がクスクス笑いながら、かしこまりましたぁと答える。待鳥も笑いながらステーキサンドの作成にかかった。そうしながらチラッと橘川を見ると、橘川も優しく微笑してくれる。

よかった、と待鳥は安堵した。

(もう並木さんのことも、嫉妬で睨んだりしなくなったなぁ)

並木とは橘川が疑うような関係ではないのだとわかってもらって、本当によかったと思った。無意識に微笑を浮かべたところで、鳥さん、と橘川に呼ばれた。

「はい、……あ、お会計ですか」

橘川がグラス二杯で帰るのは初めてだ。やはり並木の存在が不愉快なのだろうかと、不安な気持ちが表情に出てしまった待鳥に、ふふっと笑って、小さな声で橘川は言った。

「妬《や》いてるわけじゃないから」

「あ……、そうですか」

声の調子も微笑も、たしかに怒っているふうではない。単純に、自分がいたら仕事がしにくいと思ってくれたのだろう。待鳥は自分でも意外なほど名残惜《なごり》しい気持ちになったが、ぐっとこらえて会計作業をした。

そんな待鳥の様子をちらりと見た町田は、内心で呆れた溜め息をこぼした。

(恋しい気持ちがダダ漏れっつーか、ラブラブオーラが大放出されてますよ、マスター……)

当然、並木も待鳥のこの変化に気づいているだろうと思い、今度は並木をちらりと窺った。

そしてやはり、心の中で盛大に溜め息をついた。

(うわぁ、眉間《みけん》にしわが寄ってるし。だよなぁ、マスターってばあからさまに橘川さんへの対応が違うし、てかもう、顔に書いてあるんだよなぁ、橘川さんと寝ましたってさぁ〜)

絶対にあとで並木からなにか言われるだろう。客に手を出すな、客を本気にさせるな、客に本気になるな。できないなら店を辞めろ。並木が『Bird's Bar』以外の店で従業員に必ず言う言葉だ。

(オーナーにとってマスターは、『俺の可愛い可愛い待鳥』だし、この店もマスターのために開けたくらいだし、辞めろとは言わないだろうけど)

本社の内勤業務に移れ、くらいは言うだろう。この間必死になって店を続けたいと言っていた待鳥だから、本社に異動するくらいなら橘川との関係を切りそうだが……。

(それでまたマスターが生きる美麗屍《しかばね》みたいになったら、なんつーか、可哀相なんだよな……)

こういうゴタゴタがいろいろあるから、だから客と懇《ねんご》ろになっちゃいけないんだよ、と思い、町田は三度、心の中で溜め息をついた。


店の連休初日の月曜日、いつものように橘川が部屋に泊まった。翌朝は出勤する橘川の起床に合わせて待鳥もベッドを出る。

「いつも言ってるけど、寝ていていいから、鳥さんは」

「いや……」

「目が開かないじゃない。心配しなくても、鳥さんの分の朝食は取り置いておくから」

「いや……。きみと一緒に食べる……」

「……じゃあ顔洗っておいで。この前みたいにトイレで寝ないでくださいよ？」

「うんー……」

待鳥はふらふらしながらバスルームに向かった。ふだんは正午過ぎに起きる待鳥にとって、朝の六時に起きるのは苦行に近い。それでも、橘川と一緒に過ごす時間をできるだけ確保したいのだ。

(昨夜《ゆうべ》……、セックスをして、一時には、寝た気がする、のに眠い……のは、体が、昼起き型に、なってるから……だな……)

トイレと洗顔をすませた頃には八割方頭が目覚め、ダイニングでエプロン姿の橘川を見て、十割はっきりと目覚める。梅昆布茶が出されるので、それをすすりながら待っていると、いくらもしないうちに朝食がテーブルに並べられた。白米、味噌汁、ハムエッグ、味つけ海苔に漬物。昨夜はバターソテーになって出てきたほうれん草は、今朝《けさ》はお浸しになっている。橘川のタブレットPCをテレビ代わりに、ニュースを見ながら食べた。

「ご馳走様。後片づけはしておくよ。きみはもう、出る時間だろう？」

「ええ、すみません、お願いします。ごはんと味噌汁はまだあるから。ウインナーはレンジでチンしてマスタードつけて。サラダはドレッシングをかけるだけにしてあるから。ちゃんとお昼、食べてくださいね」

「ああ、わかったよ」

「仕事が上がったら、電話入れます」

「うん、待ってる。はい、いってらっしゃい。気をつけて」

「いってきます」

待鳥を抱き寄せた橘川が、朝に交わすにしては若干濃厚なキスをして出勤していく。

送りだした待鳥は、手早く洗い物をすませると、洗濯機を回した。午前中に家の用事をすませて、昼を食べたら、明日からの仕事に合わせて夕方まで眠る予定だ。部屋に掃除機をかけながら、そういえば橘川が通ってくるようになってから、まともに部屋の掃除を始めたんだっけ、と思って微苦笑をした。それまでは寝室くらいしかまともに使っていなかったから、たまに床にモップをかける程度ですませていた。

「……」

掃除機を止めて改めて室内を見回してみる。いつのまにかソファに置かれた枕代わりのクッション。バルコニーに出られる窓の前には、このほうが床が汚れませんよと言って、橘川が敷いてくれたマットがある。キッチンには橘川の分の食器のほかに、今まで持っていなかったのかと驚かれたマグカップやグラス、いろいろな種類のパスタが保存されているいくつものキャニスターや、一通りの調味料が揃えられている。洗面所や風呂の石けん類も、知らぬうちに上質なものに替えられていたし、寝室のクロゼットには、橘川のスーツも私服も下着も収納されている。なによりも部屋の空気がよどんでいない。

「…人が、暮らしている部屋になったよなぁ……」

つくづくとそう思った。そう思って嬉しくなり、嬉しくなった自分に苦笑した。まるでまごと結婚みたいだと思った。

「結婚か……」

橘川は男、自分も男、当然結婚という落ち着いた形には持っていけない。なにより気持ちとして、今以上に深い繋がりを持てるとも思えない。人として、橘川が好きだ。だが愛しているという言葉は出ない。恋しているもない。ただ、一緒にいると安らぐ。安心する。セックスも楽しいが、しなくても構わない。

「……恋人じゃあない。金銭のやりとりもないから、愛人でもない。なんとも名づけようのない、中途半端な関係だよなぁ……」

それでも橘川のそばにいることが心地よい。橘川から離れることになったら、つらいだろうと思う。なんだこれは、と微苦笑をして、待鳥はまた掃除にかかった。

橘川に言われたとおりの昼食を取ってから、翌日の仕事に備えて一眠りする。目覚まし時計に起こされ、恐ろしく眠くてだるい体で無理やりにベッドを出た。

「…時間が……寝る時間が、変なんだ……」

頭痛がしないだけマシだと思って、いつも橘川がそ知らぬふりで冷蔵庫に入れておいてくれるパックのジュースを飲む。なんとなく生き返ってきたところで、ケータイが鳴った。橘川はまだ仕事中のはず、と思いながら出ると、相手は並木だった。

「…あ、おはようございます」

『おはようって、寝てたのか？』

「はい、昼寝を。ええと、なんでしょうか」

『ああ、うん。これからちょっとさ、おまえのところ、行ってもいいか？』

「え……と、今からですか……？」

とっさに、橘川が、と考えてしまった待鳥は、声に思いきり困惑する気持ちが出てしまっている。ケータイの向こうから、はあ、という溜め息が聞こえた。

『あの彼と、約束があるのか。橘川くん、といったっけ』

「…っ、いえ、約束なんて……」

『あるわけだ』

「……」

答えられない。並木はまた溜め息をこぼすと、言った。

『彼が来るまでには退散するよ。どうせまだ仕事中だろう?』

「……はい。お待ちしています」

並木にそう言われたら断れない。通話を切った待鳥は、話とは橘川のことだろうか、と不安を覚えた。

三十分ほどしてやってきた並木は、室内を一目見るや、溜め息をついた。ソファにも座らず突っ立つ並木に、待鳥は困って言った。

「お茶、いれます……、その、なにがいいですか……」

「なにがあるの?」

「…コーヒー、紅茶、日本茶、昆布茶…とオレンジジュースがあります」

「じゃあコーヒー、貰おうかな」

「はい……、どうぞ、座っててください」

待鳥がそう言うと、並木はソファではなく、ダイニングテーブルに着いた。いつもはソファに座るのにな、と不思議に思った待鳥は、あ、と気づいていやな汗を浮かべた。ソファは橘川が持ちこんだクッションが置いてある。それを不快に思い、避けたのではないか……、そう思った。話とは、間違いなく橘川のことだろう。なにを聞かれるのか、言われるのか……、緊張で冷たくなってしまった手で、コーヒーをいれた。

「どうぞ……」

「お、ありがと」

ニコッと笑ってコーヒーをすすった並木は、小さな溜め息をこぼして言った。

「しかし、前は水しかなかったのになぁ。コーヒー、紅茶、お茶になんだ、昆布茶とジュース？　彼が揃えたものか」

「あの……、ええ……」

「……同棲《どうせい》してるわけじゃないよな？」

「まさか、そんな、並木さんからお借りしている部屋で、そんなことをするわけがありませんっ」

強く言いきった待鳥に、並木は微苦笑をして言った。

「いや、俺はさ。おまえが彼とここで同棲してたって、べつに咎《とが》めるつもりはないよ」

「並木さん、僕は、…」

「まあ聞けよ」

困っているのか焦っているのか、怖がっているのか……、全部かもしれないが、ひどく動揺した表情で言いかけた待鳥を制して、並木は続けた。

「俺は彼がどうとか言うつもりはないんだよ。俺はこの仕事が長い。客を一目見て、どんな人間なのか、おおよそわかる自信がある。彼は……、橘川くんだっけ？」

「ええ……」

「うん。橘川くんは、勝ち負けで言えば、間違いなく勝ち組の男だな。身に着けているものは、上から下まで全部が一流品だ。髪も手も爪も、金をかけて整えている。それだけ金に余裕があるってことだ。まあそのへんのサラリーマンじゃあないよな」

「…さあ……、仕事は、聞いていないので……」

「雰囲気も、いい。おまえの店のカウンターに座って様になるんだ。いい店に行き馴れている。そんな二十代、そうそういないぞ。加えて、あのルックスだ。外国なら、エリートと呼ばれる人種だよ」

「……ええ。僕もそう思います」

「おまえが部屋に入れるくらいだから、性格も悪くないんだろう。男としちゃ申し分はない。三ヵ月か、四ヵ月？　口説かれ続けたおまえが落ちるのも、まあわかる」

「……」

自分は落ちたのだろうか、と待鳥は考える。落ちた……、惚れた？　わからない。視線を落とした待鳥に、苦笑をして並木は続けた。

「最初はよかったと俺も思ったよ。体調も、精神面も、待鳥一人でいた時よりも、ずっとよくなったしな。閉店間際に行っても、こっちを妙な気にさせるやつれた顔はしなくなったし、目が生き生きとしてる」

「…、町田くんにも、同じようなことを言われました」

「うん。適当に遊んでさ、息抜きして、楽しんでくれればいいと思ってた。そういう意味で、橘川くんの存在はありがたいと思っていたよ。だけどさ、待鳥。おまえ、橘川くんに本気になりかかってるだろう」

「本気だなんて、まさか。彼は僕より七つも下ですよ」

「だから心配してるんだよ」

並木はわずかに眉を寄せて待鳥を見つめ、ひどく真剣な声で言った。

「わかってないんだよ、おまえは。本気になりかかってる。見てればわかる」

「……っ」

「でもさ、この先のことを考えているのか？　おまえがもう、結婚は懲り懲りだと思っているなら、無理に女と付き合えとは言わないよ。男がいいなら男と付き合えばいいとも思うよ。だけど、俺たちから見れば、彼はまだまだ子供だよ。おまえとのことだって、深くは考えていないと思うぞ」

「深く、ですか……」

「そうだよ。彼にあるのは情熱だけだ。今は美人で上品なおまえに夢中になってるだけだよ。誰のものにもならない綺麗なマスターを落としたっていうさ、そういう興奮状態にあるだけだ」

「……」

「その熱が冷めた時、おまえはまた傷つくだろう？　子供に本気になって、子供に捨てられて、おまえ怒れないだろう？　泣けないだろう？　恨めないだろう？　おまえのほうが大人なんだから」

「……ええ」

「おまえが男との恋愛のほうが性に合うっていうなら、それはそれでいいよ。ただ、せめて歳の近い男を選んでくれよ。三十代なら三十代、四十代なら四十代にならないと、理解できない悩みや不安があるじゃないか」

「……」

「付き合い始めのキャッキャした時期が過ぎたら、そういうことをわかりあえない相手はキツいぞ。橘川くんが相手じゃ、おまえがつらくなるだけだ」

「……そうですよね」

ぽつり、と答え、うなずいた。並木の言うとおりだと思った。並木は待鳥のことだけを考えてくれているが、逆に橘川のことを思えば、自分と今の関係を続けていくことには、なんのメリットもない。

(うん……、なんでもはじめのうちは楽しいものな。今を楽しむ橘川くんを責めるつもりはまったくない。僕だって、橘川くんといると楽しい……)

だが、それを手放したくないと思う自分は、並木に言われたように、本気になりかかっているのかもしれない。もしも本気になった時、自分の存在は橘川には重いだろう。

(なにしろきみは、若い……)

ともに過ごす時間が長くなればなるほど、日々のなにげない話題や暮らし方に違和感を覚えるだろう。ものの見方や考え方にもギャップを感じて苛立つはずだ。年代が同じなら、ぶつかりあってお互いに妥協をして、という作業もできるし、それも必要なことだ。

(だが僕は、七年とはいえ、きみより長く生きている。きみの知らないどん底の生活というものも経験している)

その経験から、絶対に駄目だと思ったことは、頭から否定してしまうに違いない。ほかのことは自分が折れても引いてもいいが、それも橘川にしてみたら、子供扱いしてと思うかもしれない。

(そういう小さなことの積み重ねに、いつか必ず耐えられなくなる日が来る。同じ土俵に立っていないということに……)

橘川は優しい男だ。恋という熱が冷め、待鳥に気持ちがなくなっても、情で待鳥を切り捨てられないだろう。それでは橘川が先へ進めない。新しく橘川にふさわしい恋人を見つけ、仕事もプライベートも充実した生活を送るために、考えなくても待鳥は足枷《あしかせ》になる。

(…うん。僕は、きみのそばにいるべきじゃないな)

待鳥は答えを出した。

並木が帰ってから少しして、橘川から電話がかかってきた。

『鳥さん？　今、社を出たところです。夕食のリクエストはありますか？』

「いや……、ああ、そうだな。きみの得意料理が食べたいな」

『得意料理？　俺、一通りなんでも得意ですよ』

「じゃあ、きみの好きなものが食べたい」

『いいですけど……、俺がいない間に、なにかあった？』

「うん？　どうしてだい。べつになにもないよ」

『……それならいいですけど。じゃああと一時間くらいで帰りますから』

「うん。気をつけて帰っておいで」

通話を切って、待鳥は微笑した。帰っておいで。——この言葉を言うのも、今日で最後だと思うと、妙に切なくなった。

帰ってきた橘川が作ってくれた夕食は、ニンニクをがっちり効かせた牛肉の炒め物と温野菜のサラダ、チーズとコーンの入ったマッシュポテトに、ダイコンとベーコンのスープだった。待鳥は思わず笑ってしまった。

「やっぱり肉だな」

「肉です。牛肉は栄養にならないので、鳥か豚のほうがいいんだけど、味はやっぱり牛肉が好きです。俺の好物をというリクエストだったので作りましたが、鳥さんにはちょっとしつこい献立でしょう？」

「僕一人だったら、ジャガイモはいらないかなぁ。でもとてもおいしいよ。きみの好みがわかって嬉しい。ありがとう」

「……やっぱり、なんかあった？　変だよ、俺の好みとか……ありがとうとか」

「ありがとうは素直にお礼の気持ちだよ。いつもいつも作ってもらってさ。火曜はウチに泊まるわけじゃないんだし、外で食べてもいいのに。そのほうが楽だろう？」

「楽って、べつに楽がしたくて鳥さんと付き合ってるわけじゃありませんよ」

わかってないなぁと橘川は笑った。

「夜の仕事は体を壊しやすいですから。本当ならずっとそばにいて、三食きっちり作って食べさせたいところです」

「そうなのか」

「そうですよ。残念なことに生活時間が違いすぎますから、毎食一緒に食卓を囲むことは無理ですけど、週に一回でも二回でも、こうやって同じものを食べることは大事なことだと思うんです。食欲っていう欲に直結しているからかな。時間の共有感がハンパないというか」

「ああ。そうだな」

待鳥もうなずいて、微笑した。同じものを食べ、同じ時間を過ごす……、そういうことが橘川の理想なのだと理解した。そういえば橘川の個人的なことをなに一つ知らないことに、今さら気づいた。聞けば情が増して離れることがつらくなることはわかる。けれど、だからこそ、聞いておきたいと思った。今しか聞くことができない。

「……その、今さらなんだが……」

「はい、なに？」

「橘川くんは、どのあたりに住んでいるんだ？　都内だろう？」

「ええ。迎賓館《げいひんかん》の近くです。だから鳥さんの家まで、歩こうと思えば歩けますよ。でも車がありますから、夜中だろうが明け方だろうが、いつでも駆けつけられます。具合が悪くなったらすぐに呼んでください」

「いやいや、そういうつもりで聞いたんじゃないよ」

どれだけ年寄扱いをされているんだとおかしく思いながら、苦笑してさらに尋ねた。

「仕事はなにをしてるんだい。その、差し支えがなければ、知りたいな」

「言えないようなやましい仕事はしていません。銀行勤めです」

「へえー、やっぱりなぁ。堅い仕事をしてそうだと思ったんだ。メガバンクのどれかだろう?」

「いえ、外資系なんで」

「そうなのか。ますますすごいなぁ」

素直に感心した。この就職難のご時世に、銀行、それも外資系に入れるなんて、やはり優秀な男なのだ。給料だって、自分が会社勤めをしていた時の二倍は稼いでいることだろう。今の自分は、家賃も光熱費も税金もなにもかも会社持ちの上、分不相応に十五万も貰っているが、橘川からすれば小遣い稼ぎ程度にしか思えまい。恐ろしくなるくらいの格差だ。不釣り合いもはなはだしい。……そう思って、なぜか微笑を浮かべた待鳥に、橘川もふふっと嬉しそうに笑った。

「やっと俺のことに興味を持ってもらえたみたいで、とても嬉しいです」

「ああ、いや、興味がなかったわけじゃないよ。聞いてはいけないと思っていたからさ」

「マスター癖ですね。せっかくだから、もっと聞いて?」

「うーん……、それじゃあ、一人の時間はなにをしてるんだい」

「家で? そうですね、休みの日は家事をして、食料品などを買い出しにいきます。すぐに使えるように下拵《したごしら》えまですませて冷凍して、好きな音楽をかけながら勉強してますね」

「好きな音楽って？」

「わりと軽いのが好きです。スムースジャズとかボサノヴァあたり」

「すまん、わからない……」

「今度車の中でかけます。鳥さんは？　意表をついてアイドル好きとか」

「そうだなぁ、昔はそれなりに流行りの曲なんか聞いていたけど、今は聞かないなぁ。なんにも音がない部屋で過ごすことが、苦じゃなくなった」

「じゃあ大丈夫。俺が家でかけるのもイージーリスニングの範疇《はんちゅう》だから、うるさく感じないと思います。だから今度、ウチに来てください」

「迎賓館のそばの豪邸に？」

「豪邸じゃありませんよ」

微苦笑をして、橘川は言った。

「こっちには俺のものもずいぶん揃えましたけど、ウチには鳥さんのものがないでしょう？一緒に買いにいきませんか。まずはウチに泊まった時に困らない程度のもの」

「なんだい、それは」

「パジャマとパンツ？　歯ブラシもいるか。着替えはとりあえず俺の服を貸せますし」

「きみの服じゃ、ズボンの裾を引きずるよ」

「折ればいい。問題ありません。すぐに鳥さんの服も揃えるし。それから食器類はおいおい買い足していきましょう。いくつあっても困るものじゃありませんしね」

「……お揃いの食器か」

「たまにウチで食べるくらいなら気にしませんけど、毎日となると、ご飯茶碗はともかく、洋食器は揃ってないと気持ちが悪いでしょう？　なんていうか…、間に合わせの生活みたいで」

「うん。なるほどな」

うなずいて、待鳥はほほえんだ。橘川はやはりこの先、自分と一緒に暮らしたいと思っているのだとわかった。たぶん、今、待鳥に夢中で、あれこれ夢を見ることが楽しくて、だから一緒に暮らせばもっと楽しくなると思っているのだろう。その気持ちはとてもよくわかる。待鳥自身、響子と結婚する前は同じように夢を見ていた。二人の生活に必要なものを、二人で買い揃え、二人で暮らしていくのだということを、これからは二人でずっと楽しく、ずっと幸せに生きていくのだと期待し、叶《かな》うのだと信じる。そんな夢を見ていた。

（…悪いことじゃないさ。夢を見ることは）

けれどそれは、夢を見られる未来があるからだ。若いから、見られる夢だ。橘川も、また若い。

「……」

スタミナとボリューム満点の食事を見て、うん、これが若さだよなとほほえんだ。ゆっくりとスープを飲み、待鳥は橘川を見つめた。

「……泊まっていかないか。それが無理なら、するだけでもいいんだが。その、つまり、僕を抱いてくれないか」

「……鳥さん？」

幸せそうな表情から一転、ふっと眉を寄せて橘川が尋ねる。

「やっぱりなにかあったんですね？　どうしたの、言ってください」

「なにもないよ。年甲斐《としがい》もなく発情してるんだ。……疲れてるなら、いい」

「疲れてるって……、俺、まだ二十代ですよ。鳥さんが途中で寝なければ、三ラウンドはいけます」

「いや、それは僕が無理だ、一回でいい。……でも、濃いのがしたいな」

「では三百パーセントチャージでします」

にやりと笑って答えたら、プフッと待鳥が笑った。

食事を終えて、後片づけは待鳥に任せ、橘川は風呂掃除をする。湯槽《ゆぶね》を洗いながらキツく眉を寄せた。

（なにがあったんだ、鳥さん……）

なにもない、という言葉を信じてなどいない。今夜の待鳥は、ふだんなら絶対に口にしないようなことをポロポロと言った。橘川自身のことを聞いてきたのも、いかにも唐突だった。

(さっき、食事を作ろうとした時)

食器の水切りに、客用のコーヒーカップが置かれていた。誰か……、十中八九、並木だろうが、ここに来ていたに違いない。そして待鳥のあの不安定さ。

(あの男なら、部屋を見て、鳥さんにそういう相手がいるってことに気づいただろう。その相手が俺だってことも、きっと察しがついてるはずだ)

待鳥を抱き、手に入れてから、バーで自分を見る並木の目が変わった。それまでは子供をなだめるような眼差しだったのに、刺すように鋭い目つきになったのだ。

(恋愛は早いもの勝ちだ。さっさと鳥さんを手に入れなかったあんたが悪い)

ようやく待鳥が自分と付き合うことに馴れてきた今、それが我慢ならずに横槍を入れてきたのだろう。自分のことは棚に上げ、男と付き合うなんてどうかしている、まともな道に戻れ、相手はガキだ、真面目に付き合ったら馬鹿を見る……、そんなことを言ったに違いない。

「……わかってないよ、本当に。問題は鳥さんの相手が男とか女とか、そんなことじゃない。鳥さんが幸せになるために必要なものを与えられる相手かどうかなんだ。何年鳥さんのそばにいるのか知らないけど、本当に鳥さんのことが好きなら、わかってやれよ……」

並木がなにをどう待鳥に言ったのか、今、待鳥から聞き出すつもりはない。待鳥にも年上の男としてのプライドがある。かなり深い関係になったとはいえ、七つも年下の若造に言いたくないなら、無理に言わせるのはそれこそガキのすることだ。

今はとにかく、待鳥を安心させなくては。

風呂の用意が整い、橘川は待鳥を誘った。

「鳥さん、一緒に入ろう」

「えっ、いや、いいよ、恥ずかしい」

「ん？　濃いエッチがしたいんじゃなかったですか？」

「…ええっ。風呂場でするのか⁉」

「いえ、そこまではまだ。前戯の前戯ですよ。時間も短縮できるし、入りましょう」

「う…、時間…、そうか、時間な……」

明日も橘川は早いのだ。それに橘川の体をちゃんと見たことがない。橘川の全部を知っておきたいと思い、待鳥はうなずいた。

「…橘川くんは、いい体をしているなぁ……」

湯槽の中で、橘川の足にまたがって座り、ペタペタと橘川の体を撫でた。橘川はふふふと笑って答えた。

「太ると昇進できなくなるし、最悪の場合、首になるので。そのほかにも健康のために、わりとまめにジムに通っています。外苑《がいえん》が近いから、気が向いたら走ったりもしているし」

「いかにも外資系らしいなぁ。僕はまだ腹は出ていないが、ふにゃふにゃだよ。こういう体でも、きみは興奮する？」

「むしろこういう体が好物です」

「そ、そうか……」

にわかに恥ずかしくなって、待鳥は赤くなった顔を伏せた。橘川はクククッと喉で笑うと、待鳥の尻を両手で摑むようにして、後ろに指を伸ばしてきた。もちろん待鳥は仰天する。

「待ってくれ、風呂ではなにもしないって、…」

「前戯の前戯をするって言いましたよ。温めながらマッサージをしたほうが、早くほぐれますから」

「理屈はそうだが、あ、あっ」

「昨夜もしたから、まだ柔らかいですね。結構すぐに拡《ひろ》がりそう。ああ、心配しないで、ここで指は入れません。お湯が入ったらやっかいだから」

「そ、そうか…っ、あ、あ…あっ」

「立ってきた。お尻、気持ちいいですか」

「んん…、きみが、こういうふうに、仕込んだんじゃないか…っ」

「仕込むとか、鳥さんたまに、すごくアダルトなこと言いますよね。さすが大人」

「ふざけるな…っ、ちょっと、のぼせるよっ」

待鳥の真面目な苦情を受けて、橘川は笑いながら待鳥を支え、風呂から上がった。

ベッドに移ってからは、体中を舐め回された。まだ柔らかいらしい後ろも念入りに舌で愛撫を受けたが、すっかりと立ち上がっている前だけはふれてもくれない。すぼまりの上の隘《あい》路《ろ》を舌でくすぐられたら、思いがけず、ひどく感じた。

「ああ、橘川くん……、そこ、駄目だ……」

腰が勝手に跳ねてしまう。漏らしそうだと口走ったところで、ようやく体を起こした橘川が、たっぷりとワセリンを使って、後ろを指で拡げ始めた。何度体を重ねても変わらない、優しくて丁寧な作業をしてくれる。待鳥ももう、後ろをいじられることに恐怖はないので、三十分もしないうちに橘川を受け入れられるほどほころんだ。前から待鳥の中に押し入った橘川が、馴らすようにゆっくりと腰を使う。

「鳥さん、上になってみましょうか」

「ん…な、なに……？」

「ああ、つまり、騎乗位。初めてでしょう？」

「う、いや、待っ…っ」

橘川を中に入れたまま、ひょいと起こされてしまった。予想外に深いところまで入って、うめきを洩らしてしまう。待鳥と入れ代わりでベッドに横になった橘川が、ふふふと笑って待鳥の前を握った。

「中のいいところ、わかるでしょう？　そこにあたるように、腰を動かしてみてください」

「む、無理だ……、動かすったって、どうすれば……」

「実地で覚えてください」

橘川は意地悪そうに目を細め、もうだらしないほど濡らしてしまっている待鳥の先端を責めた。あまりにも敏感な部分をいじられて、当然待鳥は甘い悲鳴をあげる。橘川の手を引き剝がそうとしたが、そこで腰を突き上げられて、新たに悲鳴をあげて橘川の胸に手をついた。

「あ、あっ、橘川くん、橘川くん…っ」

「尿道責めだと、鳥さん、いけませんからね。自分で腰振って、中でいかないと」

「頼む、頼むっ、そこ、やめ…っ、ああ、ああっ」

「……ああ、ほら、腰。ちゃんと振れてますよ」

「あっあ…、んんん、あぁぁ……っ」

待鳥はもう、橘川の手が与えてくれる快感が鋭すぎて、わけがわからなくなっている。体が勝手に動くのだ。悦くて悦くて、いきたくていきたくて、なんとかいいところに橘川の切っ先をあてようとするのだが、うまくいかない。橘川のひどく熱い眼差しを受けながら、待鳥はたまらなくなって口走った。

「き、橘川、くんっ……、もう、してくれ…っ」

「なにを?」

「中っ、僕の、中を…っ」

「中をどうするの」

「ああ…っ、つ、突いて、くれっ、僕の、中っ、きみので、メチャクチャに…っ、してくれ…っ」

「……」

橘川は眉を寄せて唇を嚙んだ。夢中で腰をすりつけながら半泣きで訴える待鳥が、恐ろしく卑猥で、眺めて楽しむのも我慢の限界だ。待鳥を引き寄せて体を抱きこみ、体勢を反転させる。そのまま待鳥の足を抱え上げ、待鳥の望むままに突き上げた。濡れた悲鳴をあげた待鳥が淫《みだ》らに仰け反り、橘川を柔らかく締めつける。もうもたない、と奥歯を嚙みしめた時、待鳥が喉を絞るような声をあげて絶頂した。待鳥の放ったものが待鳥の顔にかかる。艶《なまめ》かしくも猥褻《わいせつ》な光景を目にして、橘川ももうこらえきれず、待鳥の中を熱い欲望で濡らした。

乱れた呼吸の音が穏やかなものになる。橘川は待鳥を胸に抱いて囁いた。

「どうでしたか。わりと満足できた？」

「……濃いというより、激しかったよ……」

「ああ……、ねっとりじっくり系がお好みだったのか……。すみません、今度は本当にちゃんと時間をかけて、濃いのをします」

「いや、満足はしたから。……ありがとう」

「やめてください、セックスしてお礼ってすごく変ですよ。俺は出張ホストじゃないんですから」

苦笑をする橘川に、待鳥はそうだなと答えて微笑した。

(だが、お礼しないとだよ、橘川くん)

橘川の上に乗っかるなんて刺激的すぎたが、今後十年くらいは、自己処理をする時のよいおかずになる。

またしても二人で風呂に入り、橘川の手で体の中を綺麗にしてもらうという羞恥も、わざわざ味わった。橘川にされたこと、してもらったことはすべて、思い出にして取っておきたいと思ったのだ。ベッドに移り、腕枕をしてもらった待鳥は、するりと橘川に抱きついて言った。

「橘川くん……、腕枕のまま、眠ってもいいかな」

「もちろん。……今日は可愛いな。甘えてくれて」

「うん、まあ……、甘えてみたくなった」

最後くらいは。

待鳥は思いきって橘川の胸に頬をすりつけてみた。橘川がそっと髪を撫でてくれる。胸がキュッとして、ああ、甘酸っぱい気持ちとはこういうものかと感慨深く思いながら、待鳥は口を開いた。

「……初めてきみにベッドに押し倒された時はべつとして……、ずっと、優しく丁寧に抱いてくれたよな……」

「鳥さんが大事だからね」

「……橘川くん。僕のことが、好きか」

「ええ。好きです。とても好きです」

「そうか。……僕も、きみが好きだ」

「……鳥さん……」

心底驚いたらしい橘川が、ガバッと半身を起こして待鳥の顔を見る。

「鳥さん、もう一回言って、お願い、言って？」

「二度は言わないよ。一度で十分だ」

「そんな出し惜しみしなくても……っ」

橘川はムキになったが、待鳥がひどく綺麗な微笑を浮かべていることに気づき、じゃれている場合じゃないと思った。なにしろ今日の待鳥は不安定だ。橘川は唇に小さなキスを落とすと、枕に頭を戻してそっと尋ねた。

「今日……、なにがあったんですか」

「うん？　なにもないって言っているじゃないか。何回も、きみこそどうしたんだ」

「だってね。鳥さんが好きと言ってくれるなんて」

「好きと思ったから、言っただけだよ」

「嬉しいけど、心配です。その素直さが」

「僕はいつも素直じゃないか」

待鳥はクスクスと笑った。どうしても言うつもりはないんだと悟った橘川は、溜め息をこぼして言った。

「いいですよ。秘密の一つや二つ、持っていたって」

「秘密？　秘密なんかないよ。知りたいことがあれば聞けばいいじゃないか」

「じゃあ、…」

今日、並木が来たのだろう、なにを言われた？　それが一番聞きたいことだが、待鳥が絶対に白状しないこともわかる。橘川は、それなら、と尋ねた。

「鳥さんの家族のことが知りたいな。プライベート情報」

「家族か。うん。……いないんだ」

「……いない？」

「うん。大学に入る頃には、両親とも病気で亡くしたからな。兄弟もいないし、親戚も、親の代から付き合いがなかったから、まあ、いないようなものだ。きみは？」

「ああ、俺の両親は健在です。父の仕事の都合で、もう十年ほど海外で暮らしていますが」

「へえ。お父さんもエリートなんだなぁ」

「さあ、それは知りませんが。おかげで俺は、日本で一人、のびのびと好きな人を構っていられます」

「兄弟はいないのか」

「妹が一人います。こいつも海外に住んでいるので、好き放題にやってるみたいです」

「そうなのか。少なくともきみは、海外に二ヶ所、別荘があるわけだな」

「両親のところなら別荘代わりに使えますが、妹のところは危ないですよ。非常に治安の悪い国なので。たぶん今はビザが下りないと思います」

「そんな国で働いているのか？　心配じゃないのか？」

「もちろん、家族みんな、心配してます。でも妹が決めた妹の人生ですから、親でも兄でも口出しはできません。フォローはしますけどね」

「そうか……。僕は家族がいないから、きみの気持ちを想像することも、できないな……、すまない……」

「謝ることなんてないですよ」

腑甲斐《ふがい》ない、と思っているような溜め息をこぼす待鳥を抱きしめて、少し迷って橘川は言った。

「……鳥さんは、結婚していたんですよね」

「ああ。三十の時に結婚した」

「大恋愛の末？」

「そうなるのかなぁ。学生時代に付き合い始めて、十年待たせた末に結婚したからなぁ。なにしろ僕は、なにかあった時に頼れる親兄弟がいないからな。ある程度の貯金と稼ぎができるまではと、待ってもらったんだよ」

「なのに、離婚……？」

「ああ。結婚して、たった半年で夫婦生活がうまくいかなくなってね。僕も彼女もできるかぎりの努力をしてみたが……、二年で別れた」

「……どうして、離婚したんですか。十年付き合って、お互いのいやな面も、価値観も金銭感覚も、知りつくしていたでしょう？　それなのにどうして？　なにが原因だったんですか？」

「言いたくない」

「鳥さん……」

きっぱりと、強い語調で言う待鳥に、橘川は驚いた。さらに橘川に背中を向けて、完全拒否の姿勢だ。けれど腕枕を外そうとはしていない。橘川は待鳥の頼りない肩の線を見つめて考えた。聞き出したほうがいいのか、聞かないほうがいいのか。

（十年も元奥さんと付き合って、結婚までして……、その鳥さんが、今はあれほど女性を怖がる……）

待鳥と一緒にいると、よく元妻の話題が出る。嫌って別れたわけではないのだろう。けれど結婚していたとは思えないほどキスに不馴れで、およそ快楽というものを知らなかった。十年愛した女と、おそらくまともに、体で愛を交わしたことがない。

(そこが、鳥さんの傷なのか……)

けれどそれは、待鳥のせいではない。妻だった女性のせいでもない。それを教えてやらなくては、待鳥はずっとこのままだろう。

橘川は待鳥を背後からそっと抱きしめ、ほんのわずかでも責める口調にならないように注意しながら言った。

「鳥さん。教えてください。どうして離婚したのか」

「言いたくないと言ったはずだ」

「聞きました。でも、言ったほうがいい。いや、話さなくてはいけないと思います」

「どうしてきみに、…」

「それは俺が鳥さんもわかっていない、鳥さんのことを知っているから」

「……教えてもらわなくても、僕は自分が壊れていることくらい、わかっているよ」

「うん。やっぱり鳥さんは、わかっていません」

「……」

「喋ってしまったほうがいいです。ずっと自分ばかり責めて、自分の中に溜めこんでおくから、過去を清算できないんです。その証拠に、前に進めないでいる。鳥さんには今日しかない。明日がないでしょう?」

「……」

怒ったのか、抱きしめた待鳥の体が強ばった。橘川のような若造に言われなくてもわかっているし、言われたくもないのだろう。だが橘川は、後輩でも年下の友人でもなく、恋人として待鳥を心配している。楽にしてあげたいと思っている。できることならこの先もずっと待鳥を守りたいと思っているのだ。だから、今ここで、言わせなくてはならない。橘川は未来へ待鳥を連れていきたい。一緒に、今より先を歩きたい。

(駄目だとわかっていることを、その人が決めたことだからと傍観できるほど、俺は大人になっていない)

ちょっと無神経に、ちょっと強引に、かなりポジティブにいけるのは、若造の強みだ。橘川は待鳥の耳元にキスをしながら囁いた。

「教えて、鳥さん。俺に話して。鳥さんは優しすぎるから、それが物足りないって言われたの?」

「……僕は優しくないよ。一人の女性の人生を狂わせた男だ」

「でもそれは鳥さん一人のせいじゃないでしょ? 結婚は二人の責任だってわかってますか?」

「……」

「あなただけが悪いんじゃありません。それをわからせてあげるから……、お願いです。話して」

「どうしても聞きたいのか……」

「はい。どうしても聞きたい」

「僕が話したくないと言っているのに？」

「それでも聞きたい。聞いたほうが絶対にいいと思ったら、鳥さんにとって話したほうが絶対にいいと思ったら、遠慮するとか気持ちを汲《く》むなんてしません」

「それじゃ子供だぞ」

「わかっています。わかっているから聞くんです。知らないことは知りたいのが子供です。教えてください、大人なんでしょ？」

「……だから、若造はいやなんだよな……」

親身という名の無遠慮さで、傷を見せろと迫ってくる。見るまでは絶対に引かない……。待鳥は諦めたように溜め息をこぼし、抱きしめてくれる手をそっと握ると、橘川に背中を向けたまま答えた。

「……僕は優しくないよ。その逆だ。妻を、……抱くことができなかった」

ほんの一瞬の間が空き、橘川が尋ねてくる。

「性の対象に見られなかったということ？　あまりにも大切すぎて……？」

「そこまで変わり者じゃないよ。……妻のことは十年変わらず愛していたし、もちろん女性の体にも多大な興味はあったさ。人並みにエロ本は見たし、それで自己処理もしたしな。ただ、童貞の哀しさで、どこに挿入するんだろうとか、挿入したあとはどうやって腰を振るんだろうとか、そんなことがわからなくて悩んだし、緊張していた。だから彼女との初めての夜に立たなかったのは、そのせいだと思った」

「うん……」

「ところがさ。一週間経っても一ヵ月経っても駄目なんだ。居間で妻とイチャついている時は立つんだよ。それが、ベッドに入るとまったく駄目でさ。……僕も努力したが、妻も、可哀相なくらい努力してくれた。つまり、性的に僕を興奮させようと、いろいろとさ」

「……ええ」

口淫されると萎えると待鳥が言っていたことが思いだされる。恐ろしく不幸な状況だと思った。待鳥は乾いた笑いを洩らして続けた。

「本当に妻が可哀相で、申し訳なくて……せめて妻だけでも悦ばせなくちゃと思ってさ、いろいろ……したわけだけども。それが、逆効果になったというかなぁ……」

「奥様が興奮するほど、鳥さんは萎えた……？」

「まあ、そういうことだ。おかしいよな。感じてくれないなら、こっちが萎えるのも仕方がないと思うが、妻はちゃんと……、あからさまにいえば、ダラダラに濡らしてくれたんだ」

「そうですか……」

「エロ本や濃密なスキンシップで立つものが、どうしてセックスの時だけ立たないのか。夫婦で医者にも通ったよ。精神科にも。結局僕の、精神的な問題だろうということになったけど、具体的にどこが問題だったのかは、今もわからない」

「……」

「でも妻は僕を責めたりはしなかった。自分に問題があるのだと思っていた。つまり、僕の愛が冷めたのだと」

悪いところがあるなら全部直します、なんでもします、だからお願い、わたしのことを愛して……。

「そう言って、毎晩泣くんだ。いくら僕が、愛しているんだと伝えても、信じてくれなくて……、まあ、当たり前だよな。妻に、欲情しないんだから。そんな状態で二年、踏ん張ってみたが、別れた。妻も三十二になっていたし、人生をやり直すにはギリギリの年齢だった。僕は……、その頃にはもう、妻が、…怖くなっていたんだ」

愛してとすがる響子が、とことん待鳥に尽くす響子が、決して待鳥を責めない響子が、怖かった。ベッドでは不能の自分が情けなくて腑甲斐なくて申し訳なくて、求められれば求められるほど、体も心も萎縮《いしゅく》した。

「…本当に理不尽だと自分でもわかっているよ。僕は妻だけではなく、女性というものが……怖くなってしまった。僕はなにも与えることができないから、求められることが怖くてさ」

「そう……」

待鳥はふうと息をついた。橘川に話したことで、苦しさが少し減った。あれほど響子を傷つけて、自分ばかり楽になるのは卑怯《ひきょう》なことだとわかっている。それでも話せと強引に迫ってくれた橘川に、救われたような気がした。橘川の腕の中で寝返りを打ち、橘川を間近から見つめて、待鳥は言った。

「前も言ったが、結局僕はゲイなんじゃないかと思うんだ。きみとはなんの問題もなくセックスができたわけだしな」

「鳥さん……、可哀相だったね」

「……可哀相？　妻に対して不能だったことが？」

ちっとも可哀相じゃないよと苦笑をすると、そうじゃない、と橘川は言った。

「鳥さんはたぶん、基本的にバイセクシュアルなんだと思います」

「ええ？」

「だから身体的な男女の別は関係なく、鳥さんに合った人なら、うまくいくんです。ふだんの暮らしもセックスも。奥様と鳥さんは、そこがわかっていなかった。だから、二人とも可哀相なことになってしまったんだと思います」

「そこって……、そこって、なんだ」

思わず橘川の肩を摑んでしまった。ずっと悩み、ずっと答えが見つからず、もう考えることも諦めてしまった自分の欠陥を、橘川はわかっているというのだろうか。わかったからといって、もう響子には償えないし、自分も許されようとは思わない。それでも、知りたい。自分はなんなのか、なにを誤ったのか、知りたい。必死な気持ちで橘川を見つめる待鳥に、橘川はゆっくりとうなずいて答えた。

「鳥さんは、ジェンダーに囚《とら》われすぎているんだと思います」

「ええ？　ジェンダーってあれか、男らしさ、女らしさってやつか？」

「そうです。鳥さんは成人前にご両親を亡くされているということだから、そんな若い頃から自立しなくてはならなかったことも一つの原因だと思いますけど、ずっと、男なんだからこうでなくちゃって、思ってきたんじゃないですか？」

「こうって……」

「しっかりしていないといけないって。甘えてはいけない、頼ってはいけない、迷ってはいけない、それから、常に女性の支えになり、守らなくてはいけない、男なんだからって。そう思ってきたでしょう」

「……」

「鳥さんが本当はどうしたいのか、どうされたいのか、そういうことを全部、男らしくないからという理由で抑えつけてきてしまった。だからその反動が、もっとも『男らしさ』を求められるセックスの時に、立たないというわかりやすい形で出てしまったんです」

「待て、つまりそれは僕が、女々しいと、…」

「ほら、鳥さん。そういう言葉が出てしまうところで、ジェンダーに囚われているってわかるでしょう?」

「……」

待鳥は混乱した。自分は男だ。男の体を当たり前に受け入れているし、性自認も男で違和感はない。それなのになぜ、男らしくという考えがプレッシャーになる?

考えこむ待鳥に、穏やかに橘川は言った。

「男らしく、女らしくなんていうことは、結局個人の好みでしょう? お金の管理に細かい男を、女々しいと思う女性もいれば、しっかりしていると捉《とら》える女性もいる。異性の友人が多い女性を、奔放だと思う男もいれば、社交的だと捉える男もいる。らしさの基準なんて曖《あい》昧《まい》でしょ? うまくいくかいかないかは、お互いのタイプが合うか合わないかですよ」

「タイプ。じゃあ僕はなにか、女性の体に萎えるバイセクシュアルのタイプだというのか? 馬鹿らしい、ゲイということじゃないか」

「そうじゃありません。もっと本質を見てくれないと」

橘川が呆れて苦笑をすると、若造に馬鹿にされたと感じた待鳥が、思いきり不愉快だという表情をする。しまったと思った橘川は、慌ててすみませんと謝って、続けた。

「つまり鳥さんは、受動的なんです。誰かに頼られるよりも頼りたい。甘えられるより甘えたい。人に自分を受け入れさせるより、人を受け入れたいタイプということ。セックスもそう。攻めるより攻められたい。可愛がるより可愛がられたい。あ、挿入するほう、されるほうという意味じゃありませんよ？」

「いや、うん……、うん？」

「身も蓋《ふた》もなく言えば、鳥さんは喰《く》われちゃいたい人ということです。男でも女でも、獰猛《どうもう》肉食系の相手なら、万事うまくいくんです。俺が鳥さんをガツガツ攻めたように、奥様も攻めるタイプだったなら、鳥さんは立たないどころか、一晩でコンドーム三個は使ったでしょう」

「そんな……」

「生活面でも、実際にそうするかは別として、気持ちの面で、奥様がバリバリに働いて、鳥さんには収入よりも家庭での癒しを求めるような女性だったら、うまくいったと思います」

「いや、それは駄目だろう、結婚をしたら僕が一家の大黒柱として、…」

「鳥さん。また『らしさ』に囚われてますよ」

「しかしなぁ……」

どうしても納得のできないらしい待鳥だ。橘川は微苦笑をすると、待鳥を胸の上に引き寄せて、包むように抱きしめた。髪にいくつもキスを落としてやると、待鳥の体から力が抜ける。橘川はふふっと笑って言った。

「こうやって俺に甘やかされると、嬉しいでしょう？」

「……」

「俺といると楽だって、いつも言ってくれるじゃないですか」

「それは……、うん……」

「前に俺、言ったでしょう。鳥さんはフカフカのソファに座りたい人。俺はソファになりたい人。逆にしたら……というか、逆にはできないんですよ」

「……ああ……」

はあぁ、と待鳥は観念したように溜め息をついた。

「つまり、妻も僕も、ソファに座りたい人同士だったのか。僕は妻のソファになってやれなかったどころか、座らせることが苦痛で、とうとう座りたがる妻が怖くなったわけだ。……情けない男だなぁ……」

「だからね、鳥さん。その考えを捨ててください。大事なのは男らしさではなく、鳥さんらしさです。それをわかってくれないと、鳥さんはずっと幸せになれない」

「僕らしさ……、僕らしさなぁ……」

「認識を変えるのは難しいことですから、ゆっくりでいいです。鳥さんがわかっていなくても、俺がわかっている。だから安心して、俺というソファに座っていてください。フワフワでヌクヌクだし、鳥さんをずっと大事にします」

「……なんというか……」

橘川にまさに大切に抱きしめられながら、それじゃあプロポーズじゃないかよ、と待鳥は思い、にわかにおかしくなって笑ってしまった。

（僕が響子とうまくいかなかった理由がわかったことは、ありがたいが……）

それと橘川と一緒にいることはべつの問題だ。橘川と相性がいいことは認める。けれど、好きという感情だけで一緒にいられるわけではないこともわかるし、橘川が恋人を甘やかし、可愛がりたいタイプだということはわかるが、いつまでも与えるだけでは不満が募ることもわかっている。

（でも僕は、きみが不満をぶつけてきても、自分を変える気はない。今さら変えられない。きみが聞きたいだろう答えも返せない。そういうことを、きみはわかっていない。今、うまくいっているのなら、この先もうまくいくのだと信じているんだろうが、僕はそう思えない。きみと僕では目線が違うんだ……）

橘川が三十になれば自分は四十、橘川が四十になれば自分は五十間近だ。橘川にとっての十年後は、自分にとっての三年後——そういうことだ。同じ地点を、同じ高さから見ることのできないパートナーでは、橘川のためにならない。自分は橘川のそばにいるべき人間ではない。

待鳥は橘川の首に腕を回し、愛しい年下の男に思いきり甘えながら言った。

「幸せに、なれるといいな」

きみが。

そう思って口にした待鳥の言葉を、橘川は当然、二人で、と受けとめた。可愛らしくも素直に嬉しそうな笑みを浮かべ、きつく待鳥を抱きしめて言った。

「もう幸せでしょう？」

「うん、まあ、そこそこ」

「そこそこってなに？　俺、まだ、なにか足りないですか？」

「いいや、きみは十分に魅力的だよ。ただ、きみの味を知らないことは、心残りかな」

「俺の味？」

「うん。ザーメン」

「鳥さん……、もう、そういうところが……」

めずらしく照れたらしい橘川は、小さな咳払《せきばら》いをすると、なぜか少し緊張した声で言った。

「あの、俺、今からもう一回、風呂に、…」

「もう寝る時間だよ」

「鳥さん、そんな、俺かなりキちゃってるんですけど」

「知るかい。僕は寝る。腕枕を提供しろよ」

「ああ、はい、どうぞ。……じゃあ次？　次の時には鳥さんが口でしてくれるんですか？」

「機会があればな。口に出そうが顔にかけようが、好きにしていいよ」

「本当に⁉　ていうか、俺、半端に立ってしまったんですが、…」

「おやすみ」

そっけなく答え、待鳥はリモコンで部屋の照明を落とした。


翌週の月曜日だった。

横浜にある顧客の自宅を出た橘川は、六時を回っていることを確認して、内心で舌打ちした。こんなに遅くなるとは思わなかった。

「夕食に誘われないだけよかった。とにかく鳥さんに遅くなることを伝えておかないと」

最寄《もよ》り駅まで戻ってきてから、今、石川町《いしかわちよう》にいること、これから一旦社に戻るので、待ち合わせはかなり遅くなる、おそらく八時過ぎになるだろうこと、社を出る時に改めて電話をする、という内容のメールを待鳥に送った。六本木の会社に着いたのは七時半で、それから猛烈なスピードで書類仕事を終わらせて、急いで会社を出た。

「鳥さん……、ああ、返事はなしか」

もともと待鳥はまめにメールの返事をくれる男ではないので、いつものようにのんびりと到着の連絡を待っているのだろうと思った。

「これから新宿じゃ、待ち合わせのデパートが閉まってるな……」

どうするかなと考えて、まず絶対に迷いようがない、大通りの十字路に面したファストフード店にいてくださいとメールを送った。十時まで営業しているファッションビルもあるが、その中のカフェを指定しても、待鳥が無事にたどりつけるかははなはだ怪しいと思ったからだ。

「食材はあそこの地下で買えばいいし……、ああ、なにを作ろうかな……」

献立を考えながら地下鉄に乗り、新宿に着いたのは八時を二十分回っていた。急ぎ足で待ち合わせのファストフード店に行き、客席を一通り見てみたが、待鳥の姿はない。

「……迷っては、いないよなぁ……」

新宿住まいの待鳥だが、新宿駅周辺は把握できていない。マンション近くのスーパーマーケットとコンビニ、バーへ通う地下鉄駅の入口なら指定すればきっちりと行けるが、それ以外だと、どこのデパート、あそこの商業ビルと言っても、それが待鳥の頭の中のマップと合致しないのだ。下から行って花屋さんのところを右に、とか、上から行ってオルゴールのところを真っすぐとか、そう説明しなくてはならない。地元の雑居ビルの名前などいちいち覚えていない、という感覚の拡大版だ。

橘川はひとまずコーヒーを買ってテーブルを確保すると、待鳥のケータイに電話をかけた。留守番電話に繋がる。

「橘川です。お店に到着しています。場所がわからなくなっているなら電話ください」

メッセージを残し、コーヒーをすすりながら待鳥を待った。ところが三十分待っても本人が来るどころか、連絡もない。

「……急用だったら鳥さんから連絡してくるはず。となると、寝ているか着信に気づいていないか、ケータイ紛失か水没だ。どれだ？」

どれもありうる。橘川はコーヒーを飲み干すと、念のために、これからマンションまで行きますとメールを送ってから、店を出た。

待鳥が社員寮だと言い張るマンションは、新宿駅から歩いて十五分ほどの場所にある。最寄り駅としては初台《はつだい》のほうが近い。築二十年は経っていると思われるが、その分、アプローチ周りの植栽が成長していて、落ち着いた雰囲気がある。

すっかりとマンション住人の顔をしてエントランスに立った橘川は、オートロックの前に立ち、いつものように待鳥に教えられた暗証番号を打ちこんだ。ところが開かない。番号が変更になったのなら、すぐに報《しら》せてくれるはずだ。直接部屋を呼びだしてみたが、こちらも応答がない。

「ちょっと待ってくれよ……」

橘川は混乱した頭で、マンションの向かいにある公園に足を向けた。なにか待鳥から遠ざけられるようなことをしてしまっただろうかと考える。

「今度は俺の家に来てとメールを送った時は、楽しみだと返事をくれたよな……、先週、店に飲みに行った時も、鳥さんはちゃんとあそこにいて、俺を見て、嬉しそうに笑ってくれたし……」

世間話を装って、家に招待する前に食器を買いにいこうと思うんだと言ったら、いいねと言ってくれた。なにもかも、いつもどおりだった。なにもかも、うまくいっているのだと思っていた。こんなふうにいきなり、すべてを拒否されるような真似はしていないはずだ。

「…それともあれか、いつか一緒に暮らしたいと言ったこと……、あれが重かったのか……？」

待鳥の歳なら、どんなに好きな相手でも、今さら他人とは暮らせないと思うこともあるだろう。そういう理由で振られたことも過去に一度ある。年上、ましてや結婚のできない同性と恋愛をするのなら、そこは気をつけなくてはと思っていたのに。

「鳥さんだけは手に入れたくて、どうしても俺のものにしたくて、焦ってしまった……っ」

交差点を渡り、公園側から待鳥の部屋を見上げてみる。明かりは、ついていない。

「部屋には俺のものもある。まさか引っ越してはいないだろうけど……」

しかしそれも今日、自宅に帰ったら宅配便で送り返されているかもしれない。橘川は溜め息をついて頭を振った。ともかくも状況を掴まなくてはならない。待鳥に、会わなくては。

新宿駅へ戻りながら、今日は自宅へ帰ります、とメールを送った。待鳥は自宅に固定電話を引いていない。持っているケータイも、橘川と連絡を取り合っている業務用の一台だけだ。だから絶対に、解約はしない。着信拒否はするかもしれないが。

「この間、あんなに様子がおかしかったじゃないか……っ」

今思えば、橘川の好物が食べたいと言ったことも、泊まっていってほしい、抱いてほしいと言ったことも、およそ待鳥らしくない。極めつきは『橘川の味が知りたい』発言だ。

「基本、姫Mの鳥さんが、自分からそんなこと言うわけがないのに……」

全部、今夜で最後、という思いから出た言葉だったのだろう。くそう、あの男、と並木の顔を思い浮かべた。

「鳥さんの性格を考えて、若造のためを思うなら、オジサンは身を引いたほうがいいとかなんとか吹きこんだんだろう。あの純情な鳥さんだ。俺のことが好きなら、少しでも俺に本気になってくれていたなら、それを鵜《う》呑《の》みにしたっておかしくない」

ふざけんな、と思った。店を解雇されたら住む場所がなくなると待鳥が言っていたことから考えて、離婚した時に家も金もあるだけ元妻に渡したのだろう。すべてを失った待鳥がそのあとどうなったのかはまだ知らないが、並木が保護をし、住む場所と仕事を与えた。待鳥を見る並木の目も態度も、待鳥が可愛くて仕方がないと思っていることはよくわかる。並木が橘川に向ける鋭い眼差しは、嫉妬の眼差しというよりもむしろ……。

「あれだ。娘の男を威嚇する父親の目だ」

愛育、という言葉が浮かんだ。待鳥が可愛くて可愛くて、手の中で大事に育てて守っているのだ。

ふざけるな、ともう一度思った。待鳥は小鳥でも犬でも子供でもない。たしかに並木のそばにいれば安全かもしれないが、安全だから幸せとは限らない。

「…あんたに鳥さんは渡さない」

橘川はきつく唇を引きしめた。

一方、待鳥は、並木の自宅のリビングで、後悔からがっくりと肩を落としていた。

(大人げないことをしてしまった……)

手の中のケータイを見る。いくつものメールと留守録から、橘川が今日、自分と会うために、急いで横浜から戻って仕事を片づけ、新宿まで来てくれたことがわかる。待ち合わせ場所に姿を現さない待鳥を心配してくれたことも、マンションまで行ったことも――。

(中に入れなくて、きみは驚いたことだろう……)

鋭い橘川のことだから、連絡もしない、待ち合わせ場所にも行かない、部屋にも入れなくされたという状況から考えて、待鳥が逃げたとわかっただろう。

(そうだ。僕は逃げた。本当にきみのことを思い、きみとの関係を終わらせたいなら、こん

なことはしないで話し合いをするべきなのに)

そうできなかったのは、橘川に未練があるからだ。会えば終わりを切りだせなくなる。あの心地よい関係を手放したくなくなる。わかっているから、逃げた。

「……情けないオッサンだ……」

呟いて苦笑をしたところで、並木が帰宅した。

「遅くなった、悪い。腹減ってるだろう、『木の屋』でいろいろ、ふんだくってきたぞ。食べよう」

「はい、すみません」

並木が経営する居酒屋の中でも、『木の屋』は単価が高い分、食材もいいものを使っていて、料理が旨い。使い捨ての容器にあれこれ詰められている料理を並べ、これまたご丁寧にふんだくってきたおにぎりとともに食べる。バクッとおにぎりに食いついた並木が、しまった、と言った。

「赤だしもふんだくってくればよかったな」

「どうやって持ってくるんですか」

「カップに入れて、ラップしてさ」

「…僕が作りましょうか。でも台所に入ると真智子《まちこ》さんが怒りますかねぇ……」

「怒りゃしないだろう、俺を放って旅行に行っちまったんだから。好きに台所を使って飯を食えということだろう？　まあいいよ、お茶で我慢しよう。な？」

「僕はお茶で十分ですよ」

なんだか待鳥が味噌汁を所望したような言い方で、少し笑ってしまった。食事を続けながら、思いだしたように並木が言った。

「おまえの部屋に寄ってきたんだけどさ。彼、マンションに来てたぞ。録画に残ってた」

「……そうですか」

訪問者がエントランスから部屋を呼びだすと、室内モニターに映る画像がそのまま録画される。並木はそれを確認してきたのだろう。並木は苦笑をして言った。

「早めにここに避難してきてよかったな」

「避難だなんて……、彼は危険な男ではありませんよ」

「俺にとっては十分危険だよ。おまえを本気にさせるとは、恐ろしい若造だ」

「……」

「だがおまえはやらん。おまえにはあんな若造より、もっとふさわしい男がいるはずだ」

「並木さん、僕はべつに、男だから好きというわけじゃありませんよ」

「とにかく、あの若造は駄目だ。どうしてもおまえが欲しいと頭を下げてきたら、ほかの男に乗り換えないように、チンポコを切れ、それくらいの誠意を見せたらおまえをやると言ってやる」

「アソコがなくなったら僕が楽しめません」

「……」

さらりと言った待鳥の言葉で並木は固まった。どうやら並木の中では、待鳥がいわゆる男役をしているという認識だったらしい。まぁそういうことです、と待鳥が言って、平気な顔でキンピラゴボウを口に運ぶと、並木も気持ちを持ち直したのか、はあ、と溜め息をこぼして言った。

「まあ、あれだ、新しい部屋が決まるまで、ここでのんびりしていればいいよ。どうせ真智子は来月まで帰ってこないし」

「そんなに長期間？　旅行って、どこに行かれてるんですか」

「船でのんびりヨーロッパだそうだ」

「ええ？　優希《ゆうき》ちゃんと大輝《だいき》くんは？」

「いや、だから、子供たちの様子も見がてらだよ。言ってなかったか？　ベルギーの学校に入ってる」

「いや、知りませんでした。そうでしたか、心配だし、寂しいでしょう？」

「心配だけども、日本の学校がどうしても合わなくてさ。まあいろいろあってな」

「ああ、そうだったんですか……」

「真智子も、夫婦二人でいるストレスをあっちに行くことで発散してくれるし、今のところ、まあうまくいってるよ」

微苦笑をする並木に、待鳥も静かな笑みを返した。幸せな暮らしを送っているに違いないと思っていた並木もやはり、いろいろと問題を抱えているのだ。自分たちはそういう歳なのだと思った。並木はまた豪快におにぎりにかぶりつくと、話題を待鳥のことに変えた。

「おまえもさ、しばらく店を休んでいいから」

「いや、僕は、…」

「彼、店に来るぞ。平気でいられるのか？」

「もちろんです。僕の取った行動で、僕がどういうつもりなのか彼にもわかったでしょう。こういうことで騒ぎ立てるような男じゃありません」

「しかしなぁ、駄目だと思ったら引き下がるってことを、まだ知らない歳だぞ。おまえがきっちり振ってやらないことには、諦めないと思うがなぁ」

「……、でも、店は休みたくありません、こんなことで閉めるなんて、来てくださるお客様に申し訳が立ちません。本当に、大丈夫ですから、働かせてください」

「うーん……」

並木は眉を寄せ、首も傾げて待鳥を見つめながら考えた。今待鳥を部屋に閉じこめ、一人にしておいたら、かえって橘川のことを考え、自分の中にいろいろと溜めこんでしまうだろう。それくらいなら橘川と向き合わせ、きっちりとした答えを出させたほうがいいだろうと思った。

「わかった。休み明けから店を開けよう。おまえも出てくれ」

「ありがとうございます」

「ただし、俺が迎えにいくことが条件だ。毎晩ちゃんと俺の車でここへ帰る。それを受け入れられるなら、マスターを続けてもいい」

「……はい。ぜひ、お願いします」

待鳥は園児のような扱いに不満を持ったが、ここは従うしかない。頭を下げると、だから頭を下げるなよ、と並木は苦笑をした。

休み明け、水曜日になった。

思ったとおり、八時過ぎに橘川が来店した。覚悟をしていた待鳥は、完璧な営業スマイルを浮かべて橘川を迎えた。

「いらっしゃいませ、橘川さん」

「こんばんは、鳥さん」

意外というか、思ったとおりというべきか、橘川は以前と変わらぬ穏やかな笑みでスツールに腰かけた。眼差しにも口調にも仕種にも、待鳥を責めるふうは感じられない。けれど待鳥は、逃げたことが後ろめたくて、まともに視線を合わせることができない。橘川はやはり微笑を浮かべたまま言った。

「いつものをください」

「ハイランド・クーラーですね。かしこまりました」

最初の一杯のオーダーも変わらない。橘川らしいと思うが、しかしなにを考えているのかわからずに、待鳥は無意識に緊張した。チャームを出し、続けてグラスを出したところで、やはり穏やかに橘川が言った。

「メールの返事が貰えないんだけど。ケータイ、故障ですか」

「……」

カウンターに視線を落としたまま、待鳥は小さく微笑した。マンションまで訪ねてきたのだから、待鳥が逃げるという卑怯な手で橘川と距離を置こうとしていることはわかっているだろう。それなのに、責めることをしない。怒らない。ケータイの故障というまともな逃げ道を残してくれる。やっぱり愛しい、と思い、待鳥はそっと深呼吸をして答えた。

「申し訳ありません。お客様からいただいたメールに、すべてお返事をしているわけではございませんので。こちらからお送りするメールは、イベントのご案内くらいですから」

「……」

沈黙する橘川をそっと窺ってみると、グラスを見つめる目元が赤くなっている。怒りだろう。二人のことを聞いたのに、ただの客扱いをされたことへの。それでも橘川は気持ちを抑え、穏やかに言った。

「…ああいう形で終わりに持っていくのは、大人のすることではないんじゃないかな」

「なんのお話だかわかりませんが……、たぶん、関わりあいになりたくないという意思表示ではないでしょうか」

「理由もなく？」

「……」

すっと橘川が視線を合わせてくる。待鳥は動揺したが、なんとか目を見つめたまま、黙って綺麗な営業スマイルを返した。微苦笑をした橘川は、一息にグラスを空けると、言った。

「また来ます。チェックを」

「……はい。ありがとうございます」

また来るのか……。もう諦めてくれと思う反面、まだ自分を切り捨てないでくれるのだと思うと安堵する。そんな自分自身に待鳥は困惑した。表情は営業スマイルを崩さなかったが、オーダーシートを渡す手が小さくふるえた。

橘川を見送って、待鳥はそっと溜め息をこぼした。

（怒ってくれればよかった……）

そうすれば徹底的に愛想を尽かされるような態度を取れたのに。ひどいことをした自分を詰《なじ》りもせず、逆に気遣ってくれる橘川。はっきりしたことも言ってやらずに、橘川が諦めてくれることを待つのは、橘川ばかりを傷つけることになる。

（会いたくないと……、もう店にも来てほしくないと、言うべきだろう……）

仮面のように綺麗な微笑を浮かべたまま、待鳥は沈んだ気持ちで仕事をこなした。

店仕舞いを終える頃、約束どおり並木が迎えにきた。たわいもないことを話しながら駐車場へ行き、並木の車に乗りこむ。車を走らせた並木が、ふっと笑って待鳥に言った。

「彼、おまえのことを待っていたぞ。たぶんまだ、そのへんにいる」

「……っ」

思わず振り返りそうになった。車を降りたくなった。それをこらえ、グッと拳を握りしめ、待鳥は静かに答えた。

「そうですか」

「……」

並木はただ、溜め息を返してきた。


「いらっしゃいませ」

店のドアが開き、挨拶をした待鳥は、来店したのが橘川だと知ると、キリッと胃を痛めた。

（…今日で一週間だ……）

あれから毎晩、橘川は店に通ってくる。たいてい十時過ぎにやってきて、今日のようにいつもと同じスツールに着き、いつもと同じオーダーをして、ラストオーダーまで静かに酒を楽しんでいく。ただの一度も、一言さえも待鳥を責めず、それどころかあの日以来、個人的なことも一切口にせず、常連客の一人という態度を貫いている。けれどそれが一層、待鳥のストレスになっていた。

(橘川くんが僕を待っていたのは、あの晩一度きりだと並木さんは言っているが……)

毎晩、毎晩、ただ旨い酒を飲むためだけに店に通ってくるわけがない。橘川はまだ、待鳥に気持ちがあるのだ。

(それは、わかる。橘川くんは若い。色恋を、『駄目な雰囲気』だけで終わりに持っていけるほど、疲れていないし枯れてもいない)

ちゃんと、きちんと、はっきりと、もう終わり、若い人といると疲れる、付き合いきれない……、と、橘川が傷つく言い方を選んで切り離してあげなければいけないと思う。それが大人のすることだとわかっている。だが、橘川と二人だけで話すのが怖いのだ。橘川に真っすぐ見つめられ、熱意と恋情を正面からぶつけられたら、きっと本音を言ってしまう。

(きみが、好きなのだと……)

それが怖くて、橘川と話をすることもできない。情けないうえに臆病すぎる。本当にこれは大人のすることではないと思い、待鳥はそっと視線を落とした。

橘川はそんな待鳥の様子を見て、内心で溜め息をついた。

(鳥さんを追い詰めているのは、俺だよな……)

わかっている。最初の一杯のオーダーの時しかそばに来ないことは構わない。むしろ、オーダーを聞きにきてくれることだけで嬉しい。それ以上待鳥にプレッシャーをかけたくないから、こちらからは話しかけない。

(鳥さんがなぜ俺と距離を取ったのか、理由はわかっている)

だからこそ、店に通っている。理由の一つは、待鳥は自分にとって大切で大事な人だということは変わらない——そう伝え続けるためだ。それでも、自分がいることで待鳥をひどく緊張させてしまっていることは、可哀相なことをしていると思う。子供でもできるチャームの用意にもたついたり、洗っている皿をシンクに落としたり……。こんなふうに待鳥を追い詰めたくはないが、ここに来なければ並木を捕まえることはできないのだ。

そう、並木を捕まえる。それが、店に通い続けている二つ目の理由だ。

(……今夜も駄目かな……)

並木が毎晩、待鳥を迎えに……、いや、保護しに来ていることは知っている。けれど以前のように、店にはやってこないのだ。並木も橘川を避けているのか、あるいは橘川を前にして神経を遣う待鳥を見たくないのか。どうしても並木を捕まえたいなら、店の裏口で待ち伏せていればいいが、それはどうにも男として格好が悪いと思うのだ。

(それじゃまるで、並木が鳥さんの恋人で、俺が一方的に鳥さんにつきまとってるみたいに見えるじゃないか)

待鳥を取り合う男同士として、傍からどう見えるかという位置関係は重要だ。つきまとうなと言われたら、それだけでこちらの立場が悪くなる。根比べなら付き合うまでだと思っていると、目の前に湯気の立つ皿が置かれた。

「どうぞ。ハマグリとガーリックの酒蒸しです」

町田だった。おいしそうな匂いに橘川は微笑を浮かべた。

「ありがとう。立派なハマグリだね。……でも、どういう風の吹き回し?」

「いやぁ、ハマグリを見てて思ったんですが、ハマグリにしろアサリにしろ、見てるだけじゃ口は開けてくれないよなぁって」

「ふぅん?」

つまり、自分も待鳥も、頑固に口を閉じている貝と同じと言いたいわけだと橘川は察した。

「そうだね。焼くか煮るかして、口を閉じてる場合じゃないって状況に持っていかないと、なかなかかね」

「でも下手に焼くと、口を開けたとたん、旨い汁がこぼれて台無しになりますよねぇ」

「コツがあるじゃない。貝を留めてる蝶番《ちょうつがい》を切ってしまえばいいんだよ。そうすれば溜め息をこぼすように、優しくふわっと口を開けてくれる」

「ははぁ、なるほど~」

町田は面白そうに、いたずらそうに目を光らせて言った。

「橘川さん、それ、切れますか」

「切るさ」

橘川はさらりと断言した。町田はなにかを疑うような目で数秒、橘川を見つめ、言った。

「オーナーは、閉店してからマスターを迎えに来ますよ」

「知ってる。いつも先を越されるんだ」

「でしょうね。裏口で待ってたら、ストーカーみたいで沽券《こけん》にかかわりますからね」

そう言って町田は苦笑をすると、空になったグラスを引き取った。

「お代わりはいかがなさいますか」

「ブラック・マティーニ」

「ブラック・マティーニですね、かしこまりました。少々お時間をいただいてもよろしいですか？」

「うん？　まさかのオリーブ切れ？」

「いえ、橘川さんがどう蝶番を切るのか、お手並み拝見しようと思いまして」

「……町田くんは、ハマグリの味方でも蝶番の味方でも、俺の味方でもないよね」

「なにをおっしゃいます。バーテンダーはみなさんの味方ですよ」

「ものは言いようだな」

明らかに面白そうにしている町田に、橘川は微苦笑をした。

橘川がちょうどグラスを空にした時、つまり三十分もしないうちに、町田が呼んでくれた蝶番……、いや、並木がやってきた。

「ごめんなさい、お待たせしました」

「いいえ」

微笑で答えながら、仕事中だろうに、待鳥のためなら放っぽって駆けつけるのか、と思い、橘川は嫉妬にも似た苛立ちを覚えた。隣のスツールに腰かけた並木に、橘川は穏やかに言った。

「場所を変えて、お話ししたいのですが」

「ふうん？　どういったご用件ですか」

「あなたに貸しているものを返していただきたくて」

「なるほど。わかりました、いいですよ」

「ありがとうございます。……マスター、チェックを」

鳥さんとは呼ばず、マスターと呼んだ。並木が来た時から、わざと待鳥には視線を向けず、ほとんど無視をした。ここで待鳥に口を挟まれたくないのだ。ひどく動揺している待鳥に、ごちそうさま、とだけ言って、橘川は並木とともに店を出た。

「どこかこのへんの店で、と言いたいところなんだけど、組合で顔を知られちゃってるもんでね」

並木は苦笑をして続けた。

「ホテルバーはどうですか」

「いいですね。あなたの縄張りでもないし、俺の縄張りでもない」

橘川の答えを聞いて、並木は短い笑い声を立てた。

並木の車でシティホテルのバーへ向かった。車中、どちらも一言も口を利かない。神楽坂から目白《めじろ》のホテルまで、ほんの十数分の時間だが、待鳥が同乗していたら、緊張で脳貧血を起こしてしまっただろう雰囲気の悪さだ。

スタンドの明かりが効いている仄暗《ほのぐら》いバー店内で、落ち着いて話せる生花の陰のテーブルに案内してもらう。橘川はワインベースの軽いカクテル、車の並木はもちろんノンアルコールカクテルをオーダーし、それぞれのグラスが運ばれてきて、一口飲んだところで、橘川のほうから口を開いた。

「鳥さんは今、どうしているんですか。きちんと、こうしたホテルに泊まっているんですか。食事も、ちゃんととっていますか」

「んー、あー、ホテルはあいつがいやだって言うからさ。俺の自宅に避難させてるよ」

「避難ですか。それもご自宅に」

「まあ、囲ってるとも言うな」

並木はふふふと笑った。橘川は、いかにも金持ちが言いそうなからかいだ、と思いながら、名刺を出した。

「どうぞ。橘川といいます」

「ああどうも、ご丁寧に。すまんが、名刺を切らしてて」

丁寧に名刺を受け取った並木が表に視線を落とす。橘川はふふっと笑って答えた。

「並木さんのことは存じています。アレーグループの代表取締役社長でいらっしゃる。高級居酒屋とバーを何店も経営なさっている企業家、ですよね」

「なんだ。調べたのか」

苦笑をした並木は、ふと橘川に渡された名刺に目を落とし、なるほど、とうなずいた。

「こういうところにお勤めなら、調べるのもお手のものだね」

「ええ。特に喧嘩《けんか》をする相手のことは調べておきませんと」

「喧嘩か。どうも弱ったね」

並木はまた苦笑した。橘川のことを、若い人が勇んでほほえましい、と思っていることがわかる、余裕のある態度だ。けれど橘川はなんとも思わない。十七の時に四十の男を落として初体験をして以来、中年以降の男ばかりを好きになる生まれながらの年増好きだから、子供扱いをされることには馴れているし、男は本能的に年下の同性を格下に見ることもわかっている。

橘川は微笑を浮かべて言った。

「鳥さんが住んでいたあの高級マンション。社員寮だと鳥さんは言い張っていましたが、並木さんのセカンドルームなんでしょう？　あれほどの資産をお持ちなんだから」

「とはいっても、きみのところにお世話になるほどじゃあないけどな」

「次も、そういう部屋に鳥さんを囲うんですか？　それこそ愛人みたいに？」

「あいつが愛人ねぇ」

並木は面白そうに笑った。

「知ってると思うけどさ、俺は妻も子供もいる。いたってストレートな男で、いくらあいつが美人でも、愛人にはしたくないねぇ」

「……」

「待鳥のことは、年上の友人として心配しているだけだ。あいつからどこまで聞かされているか知らんけども、俺と喧嘩をしようってくらいにあいつと付き合ってきたんなら、あいつの危なっかしさもわかるだろう？」

「ええ。自分のことをまったくわかっていない」

「そうなんだよ。本人はちっともわかってないんだよ。あいつはきつく張った弦みたいなものでさ、ちょっとでも刺激を与えたら切れちまう、自分を棄《す》ててしまうというかな、そういう危なさがあるんだよ。だから守ってやりたくなるんだな」

わかるだろう？　という眼差しを向けられて、橘川は口元だけで笑みを作った。

「それで、横から手を出してくる人間を追い払うわけですか。まるで、過保護な親ですね」

「まー、それに近い気持ちだねぇ。だからさ、だから、みすみす不幸せになるとわかってる選択を、させたくないんだよ」

「なるほど。それで？　それでどうするつもりですか？」

「どうするって？」

「いつまで鳥さんを箱にしまっておくのかということです」

　橘川は微笑を消して、じっと並木を見つめた。

「並木さんが死ぬまでですか？　それまで鳥さんを大切に籠《かご》に入れておくんですか？　あなたが亡くなる頃には、鳥さんのピンと張った弦も伸びきっているでしょうね。それこそ誰にも見向きもされない、自分で自分の面倒も見られない、腑抜けのような男になっていることでしょう」

「……」

「そうしてあなたは身勝手にも先に死ぬわけだ。最期まで鳥さんを守ったと自己満足しながら、結局鳥さんを一人にして放りだすんですか」

「おいおい、七十、八十まであいつが俺のところにいるとは思えないよ。でもまあ、万が一そうなったらなったで、俺がくたばったあともあいつが困らないようにはしておくけどな」

「本当に飼育ですね。籠に閉じこめておくわけだ」

橘川は呆れたように首を振り、ふふふと笑った。

「ヒヨコならわかりますが、鳥さんはもう成鳥だ。いい大人ですよ。必要なのは、危ないからといって飛ぶことも教えない過保護な親鳥じゃなく、ともに空を翔《と》び、餌《えさ》を分かち合い、巣を作っていく番《つが》いだ」

「……」

はっきりと言った橘川に、並木は、若いねぇ、という具合に微苦笑をしてみせた。ゆっくりとグラスを口に運び、橘川をなだめるような十分な時間を取ってから、言った。

「あいつはさ。長いこと付き合ってきた女性と結婚までしたんだ。ふつうの男なんだよ」

「ええ。全部鳥さんから聞いています」

「それならわかるだろ？　今は橘川くん、きみの情熱に流されているだけで、男と恋愛できる奴じゃないんだ。あいつのためにさ、こう言ったらアレだけども、横道に逸《そ》らすようなことはしてほしくないんだ」

「並木さん。俺は、鳥さんから、全部聞いていると言ったんですよ。あなたの知らないことも、俺は知っている」

「そりゃ俺だってあいつの全部を知ってるわけじゃないよ」

「俺は言わせましたよ。吐きださせました。離婚の原因、理由をね」

「……」

初めて並木の顔から微笑が消えた。驚きか、怒りか、その両方だろうが、強い目で自分を見つめてくる並木に、橘川も真顔で言った。

「人には言えない、言いたくないことほど、本人が呑みこんでいるものは重くてつらい。並木さんを含めて周りの他人も、言いたくないなら聞かない、言わせて傷つけたくないと思って、鳥さんの重荷を見て見ぬふりをしてきたんでしょう」

「見て見ぬふりとはね。きみの言うように、待鳥はいい大人だ。その大人が、言いたくないと言っているんだ。それを無理やり聞きだすなんてのは、それこそ子供の無神経さというものだぞ」

「友人なら、ですよね。傷つけたら、傷をつけた責任を取らなくてはいけない。それがいやだから、聞かないんでしょう。友人ならそれでいいと思いますよ、ただ見守って、優しく背中を撫でるだけですみますからね。だけど並木さんは違うでしょう？　ただの友人ではないと自分で思っていらっしゃるんでしょう？」

「……」

「だったら、本当に鳥さんを楽にしてあげたいと思っているのなら、口に手を突っこんで、無理やりにでも飲みこんでいるものを吐きださせてやらなくちゃいけなかったんだ。吐かれたものを自分でもかぶる覚悟で、吐いて弱って惨めになっている鳥さんを抱きしめて、楽になったと喜んでやらなくちゃいけなかったんだ」

「きみが、そうしたと言いたいのか」

「ええ。俺はやりましたよ。鳥さんをちゃんと生きていかせたいなら、喜怒哀楽のある人生を送らせたいなら、誰が鳥さんにとって必要なのか、もうおわかりでしょう？」

「……でもな、橘川くん。待鳥はさ」

並木は溜め息をついて言った。

「あのとおり綺麗な男だけども、三十過ぎのオッサンだ。きみは若い。一、二年、待鳥と付き合って、それで別れたって、きみはまだ三十になっていないだろう？　まだまだこれからだろう？　だけど、待鳥にとってはそうじゃないんだ。次というものは、待鳥にはほぼないんだ。わかってやってくれないか」

「問題はありません。鳥さんには俺が必要で、俺にも鳥さんが必要なことはわかっています。お互いにお互いを恋愛の相手だとは思っていません、人生のパートナーと思っています。ですからもう、次を考える理由もない」

「そんなことを言って、あと十年もすれば若い男に目を向けるんだろうが」

「ああ……、そういう心配か」

橘川はふふっと笑って答えた。

「これは並木さんに言うべき個人情報ではないと思いますが、納得していただくために申します。俺は自分より人生経験の浅い男に興味が湧きません。俺よりもはるかに世間や物事を知っている、年上の男に魅力を感じます。俺にとって鳥さんは、まだまだお若いですよ」

「はあ〜……、きみはフケ専というやつか」

「いいえ、ただの年上好きです」

「はあ〜……、年上好きのゲイか……」

並木は呆れと困惑が交ざったような表情で橘川を見つめ、理解できない、というふうに首を振った。

「きみの好みが待鳥と合致することはわかったよ。だからってきみがあいつを幸せにできるとは限らないだろう？　きみの言葉を借りれば、きみより世間や物事を知っている待鳥が、自分より経験の浅いきみといて、幸せになれると思うか？　待鳥を幸せにできると、自信を持って言えるのか？」

「俺が鳥さんを幸せにする自信なんてありませんよ」

答えて橘川はふふふと笑ってしまった。結婚をしている友人や、婚約者のいる友人が、よく口にしていた言葉だ。相手の父親から、『娘を幸せにできる自信があるのか』と聞かれた、と。よもや自分が同じことを聞かれるとは思わなかったとおかしく思いながら、もし自分だったらと考えていた答えを言った。

「二人で生きていくんですから、鳥さんだけを幸せにするなんて不可能です。俺と鳥さんと、二人で幸せにならないと。そのためなら俺は、どんな努力だってするし、できます」

「……まったく。ああ言えばこう言う、こう言えばああ言うだな。結局きみはアレだろう、俺が、仕方ない、待鳥を嫁にやろうと折れるまで、延々と、待鳥はきみと一緒にいたほうがいいと言い続けるつもりなんだろう？」

「もちろんそうです。鳥さんのことを俺より知らない並木さんにあれこれ言われるのは、とても不愉快だし、納得できることではありませんから」

「……俺もきみと話していると不愉快になるよ。待鳥とは、きみより俺のほうが付き合いが長い。そりゃあもう二十年来の付き合いだよ。きみの知らない待鳥を俺は知っているさ。それはどう考えるんだ」

「鳥さんにとって、かけがえのない人だと思います」

そう答えて、橘川はククッと笑ってしまった。なぜか並木が可愛く思えてしまったのだ。

「並木さんが親鳥として鳥さんを心配する気持ちを、否定するつもりはまったくありません。並木さんと俺と、違う方向から鳥さんを支えていけばいいと思います」

「つまりアレか。俺があいつの親父《おやじ》で、きみがあいつの夫だと。そういうことで納得しろということか」

「実際には並木さんは鳥さんの父親ではないわけですから、納得してもらう必要もないと思いますが、鳥さんのことを思えば、それで結構です」

「まったくきみは、いちいち不愉快な奴だな。どうして待鳥はこんな生意気な若造がいいんだ。あいつは一体、きみの、どこに惚れたんだ」

「並木さんになくて俺にあるものといえば、若さでしょうか」

「……」

並木が半眼《はんめ》になり、への字にした口をさらに膨らませた。端的に言えば、恐ろしくムッとした。それを見た橘川は、ああ並木は本当に、親というか兄というか親族の気持ちなんだと理解し、であれば身内を「ホモの変態」にすることに拒否感はあるよなと思った。言いすぎてしまったと心の中で反省しながら、視線を落としてグラスを口に運び、少し眉を寄せた。

「……氷が溶けてしまっている。もったいないことをしました」

「じゃあもう一杯、旨いカクテルをおごるよ」

「ああ、いえ、…」

「待鳥と話をさせてやる。店に戻ろう」

「……、はい」

橘川は我知らず、歳相応の無邪気で明るい笑顔になった。「お義父《とう》さん」からお許しが出たのだ。ウェイターがチェックシートを持ってくると、受け取ろうと手を出した並木に、橘川は本当に思わず言ってしまった。

「お義父さん、ここは俺が」

「ああ⁉　俺は待鳥の親父じゃないぞ。なんで四十の俺に三十五の息子がいないといけないんだ。兄だろう、兄っ」

「すみません、じゃあお義兄《にい》さん、ここは俺に持たせてください」

「すっこんでろ、若造」

並木は低く、忌ま忌ましそうにそう言って、ウェイターにカードを渡した。

待鳥は店仕舞いをしながら、落ち着かない気持ちで時計を見た。

（零時半……。二人とも、どこで、なんの話を……）

そこまで考えて、首を振った。なんの話もなにも、自分の話に決まっている。並木はうまく、自分のことは諦めるようにと、橘川を説得してくれただろうか。いや、と待鳥は薄く笑った。

（きみは、僕たちのことを他人から言われて、納得するような男じゃない）

そう思った待鳥は、僕たち、と考えた自分に溜め息をついた。橘川のことは切らなければいけない、だから橘川から逃げたのに、心の奥のほうではまだ恋人のつもりでいる。橘川は人生で二人目の恋人だが、初めて体を繋いだ恋人でもある。心だけではなく体でも愛しいと思ってしまっただけに、簡単にはふっきれそうもなかった。

「じゃマスター、お先に失礼します」

「あ、町田くん、お疲れ様でした。気をつけて帰ってね」

「はい。てゆーか、俺、送っていきましょうか？　送るっつーか、タクシーに乗るまでそばにいましょうか？」

「いや、オーナーは戻ってくるよ。なんにも連絡がないしね」

「そうですか？　じゃあ俺、帰らせてもらいますね。お疲れ様でしたぁ」

「はい」

町田が帰っていく。一人になった店内でレジ締め作業を終えた待鳥は、マイナス六千円という違算を出して、深い溜め息とともにスツールに腰を下ろした。どれだけ自分が仕事に集中していなかったか、よくわかる。カウンターに肘をついた手で額を支え、もう一度深い溜め息をこぼした時、ケータイが鳴った。ビクッとするほど驚いて着信表示を見ると、並木だ。ああ、迎えに来てくれるのかと思いながら通話を繋いだ。

「はい、待鳥です。……ええ、町田くんは今さっき帰って、僕もレジ締めを終えたところです……、はい、わかりました」

あと十分ほどで店に着くという内容だった。橘川は並木となにを話したのだろう、まさか並木に向かって、待鳥を隠しただろう、返せなどと言っていなければいいがと思う。並木からどんなことを聞かされるにしろ、自分にとって心踊る内容でないことはわかる。

（きみに会いたい……）

心から素直にそう思い、まったく未練がましい自分を笑ってしまった。

ややあって、裏から並木が入ってきた。

「待鳥？　店か？」

「ああ、はい、お帰りなさい、……」

スツールから立ってバックヤードに通じるドアに顔を向けた待鳥は、並木のあとから橘川が入ってきたことを認めて、固まってしまった。なぜ橘川まで店に戻ってきたのか見当もつかない。はっきり待鳥から引導を渡せということだろうか。覚悟をしていた、といえば嘘になる。だが、直接言わなければならないこともわかっていた。どんな言葉を使えば橘川は諦めてくれるだろう。ひどく傷つけることになっても、今夜限りで自分を見限ってもらうためには、どう言えばいいだろう。……動揺しながらも忙しく考えている待鳥は、脳以外の一切の機能が停止してしまったように、微動だにしない。それを見た並木は微苦笑をした。

「飲み物作るよ。橘川くん、待鳥の面倒を見て」

「ええ」

橘川も優しい微笑を浮かべると、ビクッと体をふるわせる待鳥に、大丈夫、と声をかけた。

「並木さんが飲み物を作ってくれるそうです。スツールに座って」

「き、橘川くん、どうして、…」

「大丈夫ですから。俺と並木さんは好意的な関係ではありませんが、鳥さんを泣かせないという点では一致していますから」

「どういうことだい、…」

「とにかく座って。顔色が悪いですよ、緊張している？　本当に大丈夫だから」

「……」

成り行きがわからず、待鳥はぎくしゃくとスツールに座り直した。その間にも並木が手早くカクテルを作り、待鳥と橘川の前に置いた。

「待鳥にはこれ。橘川くんはこれ」

待鳥はカクテルグラスに注《つ》がれた鮮やかなキャロット・オレンジの液体を見て、ふっと勉強モードの表情になった。

「ありがとうございます、いただきます。これはなんというカクテルですか？」

「バルーション。橘川くんにはオレンジジュースだ。さ、俺の仕事は終わった。帰りは橘川くんに送ってもらえ」

「え、あの、……はい」

並木は少し乱暴に待鳥の頭を撫でると、橘川には指を突きつけて、泣かせたらぶちのめす、という表情を見せて橘川を苦笑させ、帰っていった。

二人きりにされて、待鳥は極度に緊張してしまう。俺のことをどう思っているのかと聞かれたら、嫌いだと答えればいいのだろうかと悩んでいると、ふふっと笑って橘川が言った。

「カクテル、飲んでみたら?」

「あ……、うん……」

「並木さんもさすがだね。シェイカーを振る姿はちょっと惚れる」

「ああ、そう……」

うわの空でグラスを口に運んだ待鳥は、とたんに口いっぱいに広がったフルーツの香りに目を見開いた。橘川がクスクスと笑って尋ねる。

「どう?」

「ああ、とてもおいしいな……、イチゴとグレープフルーツ……、あとレモンか? この色はグレナデン?」

「そう。ベースはウォッカ」

「甘くてさっぱりしている。女性向けだね。夏の屋外で飲むのが似合うカクテルだ」

「バルーション。旅立ちという意味ですよ」

「……」

驚いてグラスを持つ手がぶれた。ピシャッとカクテルがカウンターにこぼれる。旅立ち——改めて橘川とやり直せ、という意味だろうが、待鳥にしてみれば、勝手にしろ、という意味に取れる。どうして並木がいきなりそんな考えになったのかわからない。待鳥は混乱しながら橘川のグラスを見つめた。

「きみのは、フレッシュジュースだって……」

「この若造め、という意味でしょうね」

「ああ……、並木さん、なぜ……」

並木が自分と橘川の問題から手を引いてしまった今、どんな判断を下すのも待鳥次第だ。そんなことは大人として当たり前のことだが、橘川を切るという正解と、橘川とともに生きたいという希望の間でひどく揺れた。理性と感情が相反する事態など、待鳥には初めてのことだ。

鳥さん、と橘川が穏やかに言って、待鳥の手を握った。待鳥は体を硬くした。並木という防波堤がなくなってしまった今、待鳥自身がはっきりと橘川に言わなくてはならないのだ。緊張する待鳥に、橘川は優しい微笑を浮かべて、意外なことを言った。

「鳥さん。鳥さんは三十五の大人として、二十代の若い子は好みじゃない？」

「……え!?　なんだ、その質問は」

「どうなんですか」

「そりゃあ……、年増よりは、若い子のほうが、いいかな、やっぱり」

「それなら問題ない」

「あ……、いや……」

嬉しそうに笑う橘川を見て、そういう意味かと理解した待鳥は、そうだ自分は三十五のオッサンなんだと自分を励まし、前途洋洋な若者を思って言った。

「橘川くん、僕はもう、きみとは終わりにしたいんだ……、はっきり言わなくて、申し訳なかったが、きみとはいろいろと、合わないし……、正直に言って、僕は疲れた」

「ええ。鳥さんの考えていることは俺もわかります」

「そ、そうか、わかってくれるか、…」

「ええ、わかります。俺と鳥さんでは七つも歳が離れている、だから趣味も話題も合わないだろうし、細かいことを言えば食の好みも違う、どう考えてもうまくいきっこない」

「そう、そのとおりだ」

「俺自身のことにしたって、若いもんには若いもんのほうがふさわしいだろう、若いもんらしくこれからいろいろと新しい経験をするだろうが、その時の新鮮な驚きというものを、同じ若いもん同士で一緒に味わったほうがいいに決まっている、だいたいのことは鳥さんは経験ずみだから、俺と一緒になって驚くことも感動することもできないし、感情の共有ができないなんてつまらないことはなはだしい、そんな鳥さんと一緒にいたって、俺の人生が楽しくなるわけがない。……と、こんなあたりでしょうか」

「ああ……、その、そのとおりだよ」

待鳥が考えていた言い訳をすべて言いあてられて、動転しながらも待鳥は言った。

「きみはこれからいくつもの新しい発見をしたり、ぶつかったことのない困難に出会ったり

するだろう。でも僕はそういうことは経験ずみだったり、見たり聞いたりしてしまっているはずだ。きみの驚きや困惑に、一緒になって驚いたり困ったりできないよ。きみに必要なのは、そういうこともあるよと言ってしまう僕ではなく、すごいとか、どうしようとか、喜んだり悲しんだり、その時々できみと同じ感情を持てる若い人だ」

「ええ。それで？」

「それでってさ……。きみはまだ若いから、今は僕のようなオッサンが落ち着いて見えて、それが好ましいと錯覚しているんだ。若い女性がオッサンに魅力を感じるのと同じだよ」

「それから？」

「だから……、きみはあと二年で三十だろう？　そうなったらわかると思うけどもさ、若い子と付き合っていればよかったと、後悔するんだから。正直に言って、そう思われるのはつらいよ」

だから僕のことはもう忘れてくれ。そう言った待鳥に、橘川はやはり優しい微笑を向けて言った。

「俺としては、年上の人と付き合うメリットを優先したいんです」

「……メリット？　そんなものないさ」

「たくさんありますよ。たとえば俺よりも長く生きている分、壁にぶちあたった若造にもいいアドバイスができるでしょう。それで成功した人も失敗した人も、実際に見てきているわ

けですから、俺が間違った方向に行きそうになったら止めてくれるでしょ？」

「……」

「それから、子供っぽい弱音や愚痴にだって、はいはいと適当に付き合ってくれるでしょう？　これが同い年だったら、愚痴ばかり言うなって喧嘩になります。その点でも、年上の許容範囲の広さはとても魅力的です」

「いや、橘川くん、そうであっても、それだけだよ」

「それだけで十分じゃありませんか？　大体、趣味思考がまったく同じカップルなんて存在しません。違って当たり前なら、あとはどれだけお互いを支えられるかだと思うんですよ。鳥さんは、俺を支えてくれるに十分な年上スキルの持ち主です」

「橘川くん……」

まったく思いもしなかったことを言われ、困惑より嬉しさが勝って待鳥はうろたえた。コレでは駄目だ、説得されてはイカンと思う待鳥を、橘川はグイグイと攻めた。

「鳥さんにとっても、俺はお買い得物件だと思いますよ」

「お買い得って……」

「鳥さんは、世間でいうところの、いわゆる男らしさを求められて潰《つぶ》れてしまったわけだけど、俺はパートナーを甘やかすことが大好きですから。知ってるでしょ？」

「ああ、うん……」

「だから心配はいりません。たくさん俺に甘えてください。そのほか俺が若造であることのメリットとしては、老後のお世話ができることです」

「老後だ……⁉」

「そうですよ？　鳥さんが七十になっても八十になっても、俺のほうが七つも若いんですから、風呂も下の世話も任せてください」

「風呂……、シモ⁉」

「それから若造と付き合うことの最大の利点は、鳥さんのほうが先にあの世へ行くということです。歩けなくなっても寝たきりになっても俺がいます。最期の呼吸をする時も、俺がそばにいて甘やかします。だから寂しくない。どうです。俺といるといいことばかりですよ。こんな優良物件、逃す手はありません」

「橘川くん……」

ぬけぬけといったふうに橘川は言うのだ。待鳥は一気に緊張が抜けて笑ってしまった。

「本当に、まったく……。しかし、いろいろな考え方があるものだなぁ。デメリットだと思っていたものが、メリットになるとかなぁ……」

「だいたい鳥さんは、大前提を抜かして考えていましたよ。言ったでしょう、俺は年上が好きなんです。年上にしか燃えないんです。俺の守備範囲で考えると、鳥さんはまだまだ若いですよ」

「そうか……、僕が女性だったら、まだ熟女ではないものなぁ」

感心したふうに言う待鳥に、今度は橘川が笑ってしまった。上から握っていた待鳥の手を恋人握りに変え、目は真剣に、けれど待鳥を怖がらせないように口元には笑みを浮かべて、橘川は口説いた。

「ねぇ鳥さん。俺とあなたと、二人で幸せを作っていきましょうよ。せっかくお義父さんからお許しもいただけたんだし」

「お義父さんて……、並木さんが聞いたら、激怒するぞ」

「さっきもう怒られました」

橘川はククク ッと笑って続けた。

「知ってるでしょうが俺は家事能力が高いですから、毎食きちんとしたものを食べさせてあげられるし、掃除もまめにしますよ。洗濯はなんでもかんでも一緒くたにして全自動で洗ってしまうので、それが生理的に受けつけないようなら、洗濯だけは鳥さんにお願いすることになると思うけど、ほかはすべて俺がやります」

「いや、僕もそこまで神経質じゃないし、だいたい僕だって料理は得意なんだ。なぜそんなに僕がなにもできないふうに言うんだ？」

「そんな、ムキにならなくても……っ」

橘川は声を立てて笑った。こういうところが年上は可愛いのだ。橘川は一息にジュースを

飲み干し、待鳥に言った。

「グラスを洗ったら、帰りましょう」

「その、帰るって……」

「もちろん、俺の部屋に」

「いや……、ああ、いや……、その、うん……」

待鳥が耳を赤くしてうなずくと、橘川はふふふっと笑ってケータイを取りだした。どこへかけるんだと思っていたら……。

「並木さん？　橘川です、先ほどはどうも」

並木⁉　と知って待鳥はうろたえたが、橘川はいたずらそうな表情で並木に言ったのだ。

「プロポーズは無事に受けていただいたので、鳥さんは俺の家に連れて帰ります。はい？

……いかがわしくないでしょう、愛し合ってるんですからセックスをするのは当然……、お義父さん、そんなに怒ると血圧が上がりますよ。ではまた」

怒る並木を無視して通話を終えると、電源まで切ってしまった。茫然《ぼうぜん》とする待鳥に、橘川はにっこりと笑って言った。

「さ、グラスを洗いましょう」

「橘川くん、きみは本当に、ブルドーザーのような男だな……」

「軌跡を確認するために後ろは見ますが、基本的に前にしか進まない性格なんです。でも俺のこういうところが好きなんでしょう?」

「いや、まあ、うん……」

待鳥は困ったようにうなずいて、グラスをシンクに運んだ。


迎賓館のそばにあるという橘川のマンションは、待鳥が並木に借りていた部屋に負けず劣らずの豪華な部屋だった。いや、環境の面から言えばこちらのほうが数段、上だろう。同じ3LDKという間取りだが、広さもこちらのほうが広いと思われた。深夜二時に帰宅して、リビングに通された待鳥は、心底感心して、部屋の中を見回しながら言った。

「すごいなぁ。ちょっとあれだな、外国人向けの物件みたいだなぁ」

「いや、設備とかあれこれ、日本人向けの部屋ですよ」

「ここに一人暮らしなんだろう?　銀行員は高給取りだと知っていたけど、これはいきすぎだろう。なにか副業でもしているの」

「いえ。俺は特に給与のいい部署にいるので。食事の用意しますから、その間にあちこち見て、チェックしてきて」

「チェック?　なにを?」

「ほかの男を連れこんだ形跡がないかどうか」

「馬鹿なことを言うよなぁ。ああ、でも洗面所を貸してほしい」

「廊下を右にいって一つ目のドアです」

教えられて洗面所へ行き、手を洗いながら洗面所周りの小物を見て、こういうものまで上等な男なんだなと感心した。リビングに戻って改めてインテリアに感心した。黒と深い青色系に統一して、シンプルでいて美しくまとめられている。橘川の上質な男というイメージに合っていた。

（ふうん。きみはこういうのが趣味なのか。床に置いてある絵も、エッチングばかりだな……）

整理整頓《せいとん》が好きそうだ、と思い、小さく笑ってしまった。

しばらくしてダイニングテーブルに遅すぎる夕食が並べられた。向かい合って席に着くと、橘川が申し訳なさそうに言った。

「すみません、今夜お招きすることは想定していなかったので、鳥さんの好きな和食ができなくて」

「いやいや、僕はスパゲッティーも好きだよ。キャベツとベーコンか、おいしそうだ」

「ホント手抜きですみません。あ、これは大根のサラダです。そっちは昨日作ったミートローフで、要するに残り物なんです、ごめんなさい」

「僕は食べさせてもらって文句を言う男じゃないよ。だいたい、和洋中、どれが好きかと聞かれたら和と答えるが、照り焼きハンバーガーだってフライドチキンだって、チーズであふれたピザだって好きだ」

「いえ、ええと……、べつに鳥さんを年寄り扱いしたわけでは、…」

「わかっているさ、ただ僕の食事について、いちいちそこまで気にしなくてもいいと言いたかったんだよ」

「ああ、はい、とてもよくわかりました」

橘川は素直にそう言ったが、どうもあしらわれている気がして面白くない。そう思ってむくれそうになった待鳥は、ハタと、そういうふうに捉えてしまうところが、オッサンなんだと気づいて反省をした。ともかくも出された食事はどれもおいしくて、たしかに橘川は料理上手で、自分はただ作れるというレベルなのだと認めた。これからは、作れる作れると主張しないで、橘川が作ってくれる時は任せようと思った。

食後にソファで一休み、のはずが、キスの時間になってしまった。軽いのから中くらいのから深いのまで、唇から頬から耳まで、とにかくキス、キス、キスだ。たった二週間、ふれあわなかっただけだが、待鳥は二度と橘川とキスをすることは叶わないと思っていたし、橘川もやっと本当に待鳥を手に入れられたことで、お互いがお互いに飢えていた。

「鳥さん、鳥さん……」

ソファに押し倒され、シャツのボタンを外されながら、待鳥は柔らかく橘川を押し離した。

「風呂。風呂に入りたい」

「鳥さん……、俺もう、立っちゃってるんですけど」

「じゃあ口でしてやろうか？」

「え……」

「それですっきりして、風呂に入って、寝よう」

「は⁉　しないんですか⁉」

「きみ、明日も仕事だろう。もう三時だよ。今から始めたら、一、二時間しか睡眠が取れなくなるぞ。寝不足は仕事に差し障る」

「でも、それが苦にならないのが若さです。まずは風呂ですね」

「おい、…うわっ」

子供を抱くように橘川に抱き上げられて、待鳥は驚いたまま風呂場に運ばれた。

広い風呂場で橘川に背中を洗ってもらう。気持ちいいなぁと思うが、どうしてもそれが気になって、待鳥は言った。

「橘川くん。腰にあたるそれを、なんとかしてくれないか」

「鳥さんの裸を見てさわっているのに、なんとかなんてなりません」

「まあ……、ここで始めようと言わないだけましか。……ありがとう、気持ちよかった。今度は僕が洗ってやろう」

「前も？」

「あまり贅沢《ぜいたく》を言うと罰があたるよ」

「どんな罰？」

「風呂を出たら僕はすぐに眠くなる」

「ああ…、背中だけ洗ってください」

大変に欲望に正直な橘川だ。待鳥は小さく噴いて、広い背中を丁寧に洗ってやった。風呂を出て、バスタオルで体を拭《ぬぐ》いながら、待鳥はイカンと呟いた。

「橘川くん、着替えを買ってくるのを忘れた」

「ああ、下着のストックならあるので、それをどうぞ」

「ええ？　あの猿股か？」

「無理に穿けとは言いません。ノーパンでいいならどうぞノーパンで」

「…ブリーフは、ないのかな……」

「ブリーフ‼　ああ、白ブリーフとかいいですね！　我慢汁で濡れて透けるとかっ、ああ、見たいっ」

「橘川くん……」

「用意しておきます。でも今はマッパでもいいでしょう」

「うわっ、……なんできみはいちいち、僕を抱き上げるんだ」

「運んだほうが早いからです。この期に及んで逃げられるのもいやですし」

橘川はまったく子供のように嬉しそうに笑って待鳥を寝室に運んだ。広いベッドにそっと待鳥を横たえ、濃厚なキスをしてから囁く。

「濃いの、しますか？　鳥さんご希望の、じっくりねっとりしたやつ……」

「う……」

耳朶を食まれて、感じてふるえた待鳥は、熱い吐息をこぼして首を振った。

「いや、きみの仕事が気になって楽しめない。手早くすませよう」

「なんですか、その義務みたいな言い方ぁ……、二週間ぶりなのに……」

「ああ、ごめんごめん。店が休みの日に早く帰っておいで。そうしたらたくさん遊んであげよう」

「本当に？　忘れたとか言わない？」

「言わない、言わない」

「それなら月曜まで取っておきます」

可愛らしくもふふっと笑った橘川が、キスをしながら胸をいじってくる。すっかりと橘川に仕込まれた体は、素直な反応を見せて、すぐに乳首を硬くしこらせた。そこを今度は唇と舌で愛撫される。腰の奥にジンと感じて、待鳥は吐息をこぼした。両の胸が唾液まみれになるまで可愛がられて、下も、とねだるようにモゾリと腰を動かすと、橘川がすぐに手を伸ばして半端に立ち上がった前をいじってくれる。壺を心得た橘川の指で待鳥の前はたちまち硬くなった。

「はぁ……ああ、橘川、くん……」

自然と膝を立てた足で橘川の腰を挟む。わざと音を立てて胸から口を離した橘川は、待鳥の唇に軽くキスをすると、ちょっと待ってて、と言って、ナイトテーブルからジェルのチューブを取りだした。待鳥の目の前で包装の箱を開けて、新品だと知らせる。待鳥の足の間に戻った橘川が、手のひらで温めたジェルをたっぷりと後ろに塗りつけると、待鳥は小さな声をあげた。

「いつものとは、違うんだね……」

「本当はこれが一番いいんです。お湯ですぐに流せますから。ただ、これをブリーフケースに入れて出勤するわけにはいかなくて」

「そうか……ぅ、ん……、言ってくれれば、僕が買ったのに……あ、あ……」

「鳥さんはこういうものの心配はしなくていいんです。なんにも考えないで可愛がられててください」

「う、ん……っ」

甘やかされると心がとろける。久しぶりに後ろに指を挿入されて、緊張していた体もふわりとほどけていった。橘川は今夜も、初めての時のように優しく丁寧に扱ってくれる。なにも心配することはない、ただ橘川に全部あずけておけばいいのだと思ったら、体までとろけた。ゆっくりと指を動かしながらジェルを足した橘川が、幸せそうにほほえんだ。

「鳥さんは、本当に心と体が直結してますよね……」

「な、に……？」

「俺のことを信用して、任せておけば大丈夫と思ってくれると、体が柔らかくなるから……」

「安心、なんだろう……、ああ、あ、そこが……」

「感じるところ、思いだしてきた……？」

「んん、いい……、あぁっ、いやだ橘川くんっ、中でいくのは、いやだ…っ」

いやだと言っているのにゴリゴリと中を攻められて、待鳥は女のように仰け反って身もだえた。橘川を誘うように揺れる前からは、止めようもなく蜜があふれるのが自分でもわかる。

「橘川くん、頼むから…っ、もう、入れてくれ…っ」

「中でいってよ……、見せて、鳥さんが壊れちゃうところ……」

「うン…っ、み、見たいならっ、あ、あ、あっ、指じゃなくっ、きみの、ものでっ、いかせろ…っ」

「……キタ、コレ……」

橘川は生唾を飲みこんだ。年齢的に恥じらいがないというより、待鳥は天然なのだ。橘川は、今入れたら三秒でいきそうだと思ったが、愛しい男に入れろと言われては抗《あらが》えない。甘やかし好きの弱点だ。はあ、と熱い息をこぼして待鳥の後ろから指を抜くと、ドロドロに濡れて恐ろしく淫らに口を開けているそこへ、耐えろ、と自分に命じてゆっくりと自身を挿入した。

「はあ、あ……、きつ、かわ、くん……」

「まだ無理？　一回、抜く……？」

「いや……、きみ、いつも、より……、大きい、ぞ……」

「鳥さん……」

「ああ、いい……、僕の、中が……、埋まって、いく……」

「……っ」

耐えろ、とまた橘川は自分に命じた。これほどまでにエロ可愛い年上の男がいるなど、信じられない。苦しくないようにゆっくりと入れているのに、待鳥のほうが腰を突き上げてくるのだ。

「鳥さん、待って鳥さん……っ、俺がもたない……っ」

「いけば、いいさ……、若いんだから、すぐに、復活するだろう？　ほら、腰、振れよ……」

「鳥さん、こんな、エロい人でしたっけ……？　あ、待ってっ、そんな締めないでっ」

「きみが焦らすから……、橘川くん、早く……、中、突いてくれ……」

待鳥が橘川の首に腕を回し、捕獲するように腰に足を絡ませた。快楽で潤んだ目でじっと見つめられた橘川は、若造の名にかけて耐えろ、とまたしても自分を励まし、チュッとキスをしてから腰を突き上げた。

「ああ、いい…っ、いい、橘川くん…っ」

「それは、よかった……っ」

「ああ、あっ、そこっ、…そこ、がいいっ、もっと、もっと橘川く…っ」

待鳥は甘えるよりねだる才能を開花させたらしい。貪欲に快楽を得ようと、橘川を締めつけ、搾りあげ、感じきった顔を橘川に晒して、視覚からも橘川を興奮させる。鳥さんがいくまで、耐えろ、耐えろと念じながら「奉仕」を続けるうちに、待鳥の体がピク、ピクンと痙攣し始める。

「鳥さん……?」

「あ、あ、いく…っ、やめ、るな、橘川くん…っ」

「…っ、こう? ここでいいっ?」

「そこ、そ…っ、あ、ああっ、いく、いく、ぅぅぅ…っ」

「鳥さん…、……っ‼」

橘川の腰に足を絡めたまま、待鳥が仰け反って綺麗な喉を晒す。橘川をくわえこんだ中は淫らにうごめき、吸いつくように柔らかく締めつけて、橘川を絶頂へと導いた。

「…っ、もう…っ」

もたない……。すみません、と心の中で謝りながら待鳥を抱きしめ、同じようにすがりついてくる待鳥の奥を、熱いもので濡らした。

待鳥を抱きしめたまま、少し呼吸が落ち着くのを待っていると、待鳥の腕と足が、ふわりと橘川から離れていった。橘川は小さな溜め息をこぼし、情けない声で言った。

「ごめんなさい……、鳥さんが、その、いろいろとエロくて……、我慢、できませんでした……」

「……どうして謝るんだ?」

「だって鳥さん……、いけた?」

「ああ。同時にいったんじゃないのか?」

「……え、そう?」

「抱きついてくるから、きみの腹も汚れているよ」

「……」

え、と思った橘川がゆっくりと体を起こしてみると、たしかに待鳥のものが自分の腹についている。ええっ⁉　と橘川は内心で驚いた。

「前で、いけたんだ……」

「やっぱりきみは、セックスが巧いなぁ」

「あ、いや……」

「きみが下手で、少しも気持ちよくなかったら、二度とやらないところだもんな」

「そ、んな、よかったんだ……」

「きみに抱かれるのは、好きだ。……おい、大きくするなよ。もうやらないぞ」

「でも鳥さん、…」

「抜け」

「……抜きます」

ひどく情けない顔をして、微妙な成長をしてしまったものを待鳥の中から抜きだした。こういうところで逆らわないことが、年上の恋人とうまくいく秘訣だ。

（中を責められて射精《いけ》るなんて……、俺が巧いんじゃなく、鳥さんの体がエロいだけなんだけど……）

それは言わないでおくことにした。セックス上手と思わせておいたほうが、この先いろいろといいだろうと、これは年下の打算だ。

シャワーで体を綺麗にしてベッドに戻ると、時刻を確認した待鳥が眉を寄せた。

「もう四時半だぞ。六時に起きるんだろう？　大丈夫なのか」

「徹夜ではないし、問題ありません。それより鳥さん、ほら、おいで」

「…また『おいで』とか、犬みたいに……」

小声で文句を言うが、内心ではちょっと嬉しくて、待鳥は目元を赤くして橘川の隣に横たわった。腕枕の提供を受けて橘川に抱き寄せられ、くぁ、と小さなあくびをしたところで、橘川に聞かれた。

「俺のことより、鳥さんは今日の夜、どこへ帰るつもりなんですか？」

「うん？　どこって？」

「まさかずっと並木さんの家にいるわけじゃないでしょうね」

「そんなわけがあるかい」

「じゃあ次に住む部屋は決まったの？」

橘川の声に嫉妬を感じて、待鳥は可愛いなぁと思って微苦笑をした。

「うん、まあ、……べつの寮に入れてもらおうと思っているよ」

「べつの寮？　また並木さんのお世話になるつもりなんですか？」

「いや、お世話って、従業員はだいたい、寮に住んでいるし……」

歯切れ悪く答えると、橘川が呆れと怒りの交ざったような溜め息をこぼして言った。

「あの部屋が寮じゃないことくらい、鳥さんだってわかっているんでしょう？」

「いや…、うん……」

「自分のパートナーがよその男のセカンドルームに住んでいるって、とても堪《た》え難いんですが」

「その…、すまない……」

待鳥はキュッと体を小さくして謝った。橘川の気持ちは十分に理解できるからだ。

「きみと、こんなふうになるとは、思っていなかったものだから……」

「それはわかります。あの部屋に住んでいたことを怒っているわけではないんです」

「うん、その……、なるべく早く、適当なアパートを見つけて、借りるから……」

「町田くんによると、水商売だとなかなか部屋を貸してくれないらしいですよ」

「ああ、そうだろうね……、しかし、贅沢を言わなければすぐに見つかるよ。今はその、勤め先もあるし住所もあるしね」

「鳥さん……」

過去に一体、どんな暮らしをしていたのだと橘川は眉を寄せたが、それはおいおい聞きだすことにして、今は目の前の問題に集中する。

「どうしてそうやって、一人で抱えこむの？」

「うん？　抱えこむって、なにを？」

「だからね。部屋ですよ」

「部屋？」

「俺と一緒に暮らすのはいや？」

「……、あ、その……」

思いがけないことを言われて驚いた。本を借りるのとはわけが違うので、すぐには返事ができない。

「少し、考えさせてくれ」

「その時間はありません」

「時間はないって、…」

「喫緊の課題です。今日の夜、鳥さんはどこへ帰るんですか。並木さんのところでしょう？それはいやだと俺は言っているんです」

「あの、いや、うん、わかるよ、ああ、それなら店に泊まれば、…」

「だからね、どうして俺に頼ってくれないの？」

ひょいと体を返した橘川は、待鳥を組み敷いて、じっと目を見つめて言った。

「今さら他人と暮らせないっていう気持ちがあるなら、俺と鳥さんでは生活時間が違いすぎますから、お互いに干渉することはほぼありません」

「しかし、…」

「風呂もトイレもキッチンも、俺に気兼ねすることなく使えます。それに俺は自炊派ですから、仕事の付き合いで遅くなる時以外は食事の用意もしてあげられる。もちろん、鳥さんの帰宅まで起きて待っているなんていうプレッシャーもかけません。零時には休ませてもらうので、鳥さんは帰ってきたら、レンジでチンして食べればいい。そのあとどれだけ夜更かししても構いません。今までどおりの生活をすればいい」

「いや、待ってくれ」

機関銃のようにダダダと同居の利点を並べられ、追いこまれる。橘川と暮らすことはいやではないが、なんとなく世話になるという事実が受け入れがたい。優しく頬を撫でられて、うっかりとうなずいてしまいそうになる自分を戒め、熱くなってしまった頬を忌ま忌ましく思いながら言った。

「一つ大きな問題があるよ」

「なに？」

「その、同じベッドで寝ると、熟睡できないんだ」

「とても些細《ささい》な問題ですね」

橘川はニヤリと悪そうな笑みを浮かべ、待鳥の唇を愛撫しながら答えた。

「ウチにはまだ部屋が二つあります。ふだんはお好きなほうを使ってください。家具ならすべて備えつけますから、ご心配なく」

「備えつけるって、買うってことか⁉」

「鳥さんの手は煩わせません、俺がすべて整えます。あ、それとも、一緒に選びにいきますか？」

「いや、いやいや、それは駄目だ、そこまでしてもらうわけにはいかない」

「どうして?」

「どうしてって、…」

「並木さんにはお世話になれるのに、恋人の俺には頼れないってことですか?」

「いやいや、違うよ橘川くん、そうじゃない」

橘川の眼差しと声から、強い嫉妬が伝わってくる。ああそうか、そりゃあそうだなぁと納得した待鳥は、しかしどうしても素直に世話になると言えなくて、なんでだろうと考えた。

「橘川くん。どうして僕は、素直にきみの世話になると言えないんだろう」

「たぶん、家賃じゃないですか? 向こうでは労働力として払っていたんでしょう?」

「……ああ。そうか、そういうことか。たしかにな。うん、じゃあ橘川くん、家賃を決めよう。そうすれば僕も納得して世話になれるよ」

「気持ちでいいです」

「そういうわけにはいかない。ここ、家賃はいくらなんだ。僕が借りる部屋と共用部分の広さで按分《あんぶん》しよう」

「いえ、本当に気持ちで。按分でもたぶん鳥さん、払えないと思うから」

「そんな、高いのか……」

「だから気持ちで。そうだなぁ、食費を半分入れる、ということなら納得できますか」

「もちろん、もちろんそれは払うよ、そのほかにも光熱費を、…」

「じゃあ食費割勘てことで決定。ようこそ、橘川寮へ。では契約書にサインを」

「いや待て、光熱費…」

言いかけた唇は、サインの代わりのキスでふさがれた。


土曜日の正午過ぎのデパートは、待鳥の予想以上に混雑していた。インテリア関連のフロアを歩きながら、気が進まないといったふうに待鳥は言った。

「でも、もったいないじゃないか、今ついているカーテンで十分だと思うよ」

「いけません。鳥さんは昼間に寝るんですから、ちゃんと防音と遮光の機能がついたカーテンに取り替えないと」

「今だって安眠できているよ」

「取り替えてみれば違いがわかります。熟睡して疲れを取ったほうがいい仕事ができますよ」

「それはそうだが……」

「あんまり文句を言うと、俺が勝手に柄を選んで取りつけてしまいますよ?」

「ああ、それでいいよ、ベッドやらナイトテーブルやらきみが用意してくれたんだから、カーテンもきみの好みで。な？」

「子供部屋につけるような、ものすごい色合いのキャラクターのカーテンでも？」

「……」

「そんなに面倒がらないで。生地選びはやってみると楽しいですよ。さあ、売場に着いた。鳥さん、どの柄が好き？」

「うーん。……へえ、すごくいろいろあるなぁ！」

実際に生地見本を前にしたとたん、待鳥は浮き浮きとした。もったいないだの面倒だの言っていたのは誰だと橘川が忍び笑いを洩らすほど、目を輝かせてあれこれ見ている。美人だがどこか寂しげで、生きている感じのしなかった待鳥が、今はこうして無邪気といえるほどの笑顔を見せてくれるようになった。自分がいたから、などとそんなおこがましいことは橘川は思わない。ただ、もう一度恋愛ができるようになって、本当によかったと思う。ちゃんと生きていなければ、恋などできない。

「なあ橘川くん、なんといったか、遮光？　それがついているのはどれだい」

「全部につけられますよ。だから好きな柄をどうぞ。鳥さん、俺に、恋してる？」

「いや、愛しているよ」

「……」

「ああ、こういう柄がいいなぁ。僕は昔からこういうのが好きでさぁ。どう思う？」

「……え、ああ、ペルシャ更紗《さらさ》のストライプ？　鳥さん、こういう趣味なんだ」

「へえ、ペルシャ更紗のストライプっていうのか。青と緑と、どっちがいいかなぁ、ううーん……」

　無邪気に真剣に悩む待鳥から視線を外し、橘川は熱くなってしまった頬をそっとこすった。あんなふうにさらっと「愛している」と告げてくるなんて、たまらない。初めてのラブユー宣言が、週末のデパートのカーテン売場というのも、なんというか、待鳥らしい。抱き合って、見つめ合って、ムードを高めてなど、「面倒くさい」ことをしないのが、逆にエロ可愛いと橘川は思ってしまうのだ。

　三十分ほど悩みに悩んでブルー系のストライプの遮光カーテンを選び、それに合わせて無地の青色の防音カーテンもオーダーした。十日ほどで自宅まで配達してくれるということで、地下駐車場に足を向けながら待鳥は楽しそうに言った。

「インテリアを選ぶのも、なんだか楽しいものだね」

「ベッドカバーも好きな柄にしたら？　雰囲気が変わりますよ」

「うん、カーテンが届いたら考えてみるよ。ところで代金はいくらだい」

「寮の備品ですから、無料です」

「橘川くん……。僕だって給料を貰っているんだ、自分のものは自分で買うよ」

「あ、そうですね」

橘川はにっこりと笑った。ここでいらないと言い張っては待鳥のプライドを傷つける。年上の男には年上の男用の気遣いが必要なのだ。つい先ほど購入したカーテンは、生地に裏地に仕立て代で、十五万を超える。橘川の趣味で既成ではなくオーダー、量販店ではなくデパートを選んだわけで、待鳥に任せていたら、量販店の既製品を買ってきたに違いない。というわけで、待鳥の基準に合わせて適当に答えた。

「四枚合計で二万です」

「二万か、わかった。カーテンも結構するもんだなぁ」

うんうん、とうなずく待鳥は、暮らしの用品を自分で買えて、ずいぶんとご満悦のようだ。橘川は嬉しくなった。こうやって少しずつ、自分との生活に馴染んでいってくれればいいと思った。

店のすぐ近くまで車で送り、橘川は言った。

「今夜は迎えに来ます。夕食のリクエストは？」

「そうだなぁ、刺身、煮物、味噌汁がいいな」

「了解です」

「あと、さっきあれが売っていたんだ、生クリームの入った大福。あれも食べたいな」

「え!?　さっきって、デパートの地下!?　なんでその時に言わないの、二度手間になるじゃないですか」

「いや、だって、溶けてしまうと思ったからさ」

「保冷剤をどっさり入れてもらえばいいんですよ」

「ああ、そうかい、悪かったね。いいよ、生クリームの入った大福なんていらない、食べたくない。行ってくる」

「……っ」

へそを曲げた待鳥は、車を降りると乱暴にドアを閉めて行ってしまった。もう、と橘川は溜め息をこぼした。

「俺が買ってくるとわかっているのに、拗ねるんだからなぁ。本当に大人げないというか……」

橘川はやれやれと首を振り、買い物を終えたばかりのデパートへ戻るべく、車を走らせた。


神楽坂の坂の上、幹線道路に面したビルの壁には、枝に止まった小鳥を模した、真鍮製の壁飾りが取りつけられている。それに導かれるように脇道へ入ると、半地下へ降りる階段が出迎えてくれる。階段脇には『Bird's Bar』と記された控えめなプレートがあり、ようやくここが、バーなのだとわかる。階段を下りて右手にある、瀟洒なドアを開けると、磨きぬかれたカウンターが目に入り、中にいた年齢不詳の美貌の男が、それはそれは美しい微笑で迎えてくれる。

「いらっしゃいませ」

今夜も客が、麗しのマスターの微笑にやられにくる。よもやこの男が、生クリーム入りの大福を買ってくれなきゃいやだと拗ねる、大人げない大人だとも知らずに。

あとがき

わーい、こんにちは、花川戸菖蒲です。今日は「綺麗なオジサンは好きですか」というお話をお届けいたします。

主人公の待鳥さんは、バーの雇われマスターをやっています。三十五歳という設定ですが、かなり枯れてるふうに書いたので、みなさんがオイシイと思う年齢に脳内変換して読んでいただければと思います（オジサンには萌えぬ‼　というかたはスミマセン）。

彼氏の橘川くんは銀行勤め、二十八歳のヤリ盛りです（笑）。そう。なんと、花川戸初の年下攻めですよ‼　いつも若い人を応援するお話をお届けしていますが、今回は、もう若くはないしな、という頃合いの人を応援したくて。応援できてるかなぁ？

イラストの山田シロ先生、もうもうっ、本当に心底ご迷惑をおかけして申し訳ありませんでした‼　今回は鳥さんに萌え萌えだし早く脱稿できるだろうと思っていたのに、あり得ないほど遅れて、そのしわ寄せがすべてシロ先生に…‼　本当にごめんなさい、わたくしの百倍はお忙しいのに（号泣）。猛反省しつつ、ラフが出てくるのをハァハァしながら待っています。ああもう、鳥さん、可愛いんだろうなぁ‼（あ、もちろん橘川くんも楽しみですよ♪　実は並木さんも。うふふ）

担当の佐藤編集長、まさかの締切大ブッチで申し訳ありませんでした。おまけにタイトルまで丸投げしてしまって（滝汗）。四方八方十六方にご迷惑をおかけしているのですが（現在進行形）、本当に楽しく書けたので、それだけはよかったと思っているのです……見捨てないで（涙）。

最後にここまで読んでくださったあなたへ。ある程度生きてきちゃうと、ときめきはわざわざ探さないと見つからないよね。そして見つけるのもメンドクサイ…。鳥さんみたいに、人生を変える恋は見つからなくても、ああ素敵、と思うものはきっと身近にあると思うんだ。どんなに小さな「素敵」でもいいから見つけて、一日一回はうふふと笑っていこう。イラッとした時に素敵を思いだすと、結構持ち直せるよ。

二〇一三年四月

花川戸菖蒲

本作品は書き下ろしです

花川戸菖蒲先生、山田シロ先生へのお便り、
本作品に関するご意見、ご感想などは
〒101-8405
東京都千代田区三崎町2-18-11
二見書房　シャレード文庫
「年上マスターを落とすためのいくつかのマナー」係まで。

CHARADE BUNKO

年《とし》上《うえ》マスターを落《お》とすためのいくつかのマナー

【著者】花川戸《はなかわど》菖蒲《あやめ》

【発行所】株式会社二見書房
東京都千代田区三崎町2-18-11
電話　03(3515)2311[営業]
　　　03(3515)2314[編集]
振替　00170-4-2639
【印刷】株式会社堀内印刷所
【製本】ナショナル製本協同組合

落丁・乱丁本はお取り替えいたします。
定価は、カバーに表示してあります。

ISBN978-4-576-13071-2

http://charade.futami.co.jp/